UN REVENANT DU TONK

2e SÉRIE PETIT IN-8o.

458
90

8° Y²
44299

UN
REVENANT

DU

TONKIN

PAR

E. DELAUNEY.

LIMOGES
EUGÈNE ARDANT ET Cⁱᵉ, ÉDITEURS.

UN
REVENANT
DU TONKIN

I

La famille Dalsème était dans la déso-
lation.

Mme Dalsème était très mal, disaient
les médecins et M. Dalsème, ainsi que
ses filles ne se dissimulaient pas qu'elle
allait mourir; c'est qu'hélas! depuis six
mois, elle était sans nouvelles de son fils
unique, parti comme volontaire, pres-
qu'au début de la guerre du Tonkin.

Pendant près d'un an, tous les mois,
chaque courrier avait apporté un volu-
mineux paquet de lettres du jeune sol-
dat; enthousiaste de sa nature, plein de

patriotisme et de feu, il voyait en beau
les plus rudes obligations du service
militaire. Aussi, parti comme simple sol-
dat, était-il arrivé sur le champ de ba-
taille même, au grade de sous-lieutenant.

Mais un jour, la malle des Indes était
arrivée sans un mot du cher absent.

Certes, Gaudérique n'était pas homme
à laisser sa famille dans l'anxiété; il avait
dû y avoir quelques raisons graves pour
qu'il n'eût pas trouvé le loisir d'écrire au
moins : « Mère, je t'aime. »

Cependant parents, amis et connais-
sances unirent leurs remontrances pour
prouver à Mᵐᵉ Dalsème qu'un courrier
est bien facilement manqué, et, si elle
ne se laissa pas persuader, elle prit sur
elle de contenir l'expression de sa douleur.

Le mois suivant, même silence. M. Dalsème ne dit rien, mais son front se
sillonna de rides plus profondes. Le troisième mois, il écrivit aux officiers de son
fils des lettres qui restèrent sans réponse.
Il s'adressa au ministère de la guerre; on

fit des recherches, mais on finit par convenir qu'on ne pouvait le renseigner.

La vie semblait se retirer peu à peu de cette famille si unie. On se fuyait pour éviter le sujet qui était dans toutes les pensées, dans tous les cœurs, jusqu'au jour où Mme Dalsème s'alita.

Ce qu'elle avait était peu de chose, de la faiblesse, de l'anémie; elle serait bientôt sur pied; mais contrairement à toutes les prévisions, son état s'empira si bien, que le jour où commence notre histoire, tout le monde disait qu'elle s'en allait de langueur. Elle n'avait pas même la force de réagir contre le mal qui la minait, et semblait plutôt heureuse à la pensée d'être bientôt quitte de la vie qui lui était à charge. Son mari et ses filles qui la suppliaient de vivre, lui paraissaient presque cruels. Son seul plaisir était de s'entretenir avec la nourrice de son fils, dont la douleur était presque égale à la sienne, et qui ne cherchait point à la consoler, mais l'entretenait dans ses tristes pensées, en lui rappelant sans cesse les faits et gestes de l'enfant qu'elles pleuraient ensemble.

Un soir que la pauvre mère, de plus en plus faible, murmurait :

« Je ne lui survivrai plus bien longtemps. »

On entendit du bruit à la porte d'entrée, puis un cri et la nourrice parut sur le seuil de la salle à manger, où la famille, sauf la malade était réunie. Elle était effarée, sa coiffe de travers laissait voir ses cheveux gris en désordre; elle posa un doigt sur ses lèvres et murmura mystérieusement :

— Il vient la chercher.

— Qui? Marianne.

— Et *lui*, pardine. *Il ne pouvait pas la laisser se mourir ainsi.*

— Mais qui? De quoi parlez-vous?

— Du revenant, Monsieur.

— Le revenant? dit la sœur aînée du jeune sous-lieutenant en se levant avec précipitation, car elle n'y croyait guère et soupçonnait quelque méprise.

— Ah! Madame, c'est affreux! Si vous aviez vu comme il est changé!

—Vous rêvez, Marianne; où donc l'avez-vous vu?... Mais qu'entend-on ainsi? Ajouta-t-elle en écoutant des coups sourds qui retentissaient dans le lointain.

— C'est l'ombre de notre jeune Monsieur, répétait la nourrice plus effarée que jamais.

— L'ombre? l'ombre? Marianne; et où est cette ombre? s'écrièrent les trois sœurs en entourant la bonne femme.

— Chut! reprit celle-ci en se signant, elle était dans le vestiaire... Elle voulait m'embrasser... J'ai fermé la porte pour que vous ayez le temps de dire adieu à Madame...

Mais les coups redoublaient. M. Dalsème s'était levé et se dirigeait en toute hâte vers le vestibule, d'où provenait le bruit suspect...

Et là que supposez-vous qu'on trouva, chers lecteurs, et vous, chères lectrices, qui, pas plus que moi ne croyez aux revenants, si ce n'est un singulier prisonnier, Gaudérique lui-même, arrivé peu d'instants auparavant, et que Marianne le

prenant pour une âme en peine avait en-
fermé dans un cabinet de débarras.

Ai-je besoin de vous dire quel accueil
lui fut fait? avec quelles précautions on
annonça cette merveilleuse nouvelle à la
pauvre mère? Comment il fallut la préparer à revoir son fils, qui n'était plus que
l'ombre de lui-même, et qui, pâle, mai-
gre et jaune comme un sceptre, excusait
presque l'erreur de sa digne nourrice.
De plus, il était mutilé, car il avait laissé
sa main droite au service de la France,
ce dont il ne se plaignait pas, le brave
jeune homme, bien que parfois il se dit
que cela pourrait le gêner pour une
autre guerre plus importante, plus
capitale.

Vingt fois on lui demanda comment il
était arrivé ainsi à l'improviste : mais il
ne savait qu'une chose; c'est qu'il avait
lancé une dépêche à l'endroit où il avait
quitté le chemin de fer et que cette dépêche n'était pas parvenue; ce qui s'expli-
quait au reste d'une manière bien simple : la propriété de M. Dalsème étant à
cinq kilomètres du poste télégraphique,

et la nuit étant pluvieuse, l'employé avait remis au lendemain la distribution des télégrammes. Au surplus, il avait fait écrire par un de ses camarades pour préparer sa famille à l'idée de son accident, mais la malchance avait voulu que cette lettre si impatiemment attendue, fut égarée dans le désarroi où se trouvaient souvent les services.

II

Deux mois plus tard, on était aux vacances de Pâques; la maison avait changé d'aspect. Mme Dalsème encore languissante et pâle, mais revenant à la vie à grands pas, se promenait dans le jardin au bras de son fils, qui lui aussi reprenait une mine un peu moins d'outre-tombe, tandis que M. Dalsème était allé chercher ses petits enfants que le collége ou la pension retenaient captifs en d'autres temps et qui devaient passer les huit jours réglementaires chez bon papa Dalsème.

Grande était la joie des enfants à la pensée de revoir oncle Gaudérique, qui n'était rien moins qu'entrain de devenir légendaire dans les jeunes imaginations de son neveu et de sa nièce. Brave, couvert de gloire et mutilé, il n'en fallait pas tant ! A cela on ajoutait que dans ses bagages, arrivés depuis peu, se trouvaient toutes sortes de curiosités, et je ne réponds pas qu'il n'y ait pas eu des pensées envieuses dans l'esprit de certains de leurs camarades à l'idée qu'ils n'étaient pas conviés au bonheur de déballer les malles d'un oncle Gaudérique, revenant du Tonkin.

Qnelques heures plus tard, deux enfants envahissaient le jardin, la maison, et après les plus tendres caresses à grand'maman, s'emparaient enfin du sous-lieutenant qui se sentait rajeunir à côté de cet uniforme de lycéen, semblable à celui qu'il portait encore quatre ou cinq ans auparavant, car il avait à peine vingt-deux ans.

Le lendemain, l'aimable jeune homme comprenant l'impatience que les enfants éprouvaient de se trouver en présence des merveilles renfermées dans ses cais-ses, appela Charles, l'aîné de ses neveux qui avait treize ans, et Luçonnette, l'aînée de ses nièces, qui en avait douze, et leur tint à peu près ce langage !

— Mes chers enfants, qui de vous veut être mon bras droit?

Ai-je besoin de vous dire avec quelle sincère émulation les deux enfants répondirent à l'envi :

— Moi ! moi !

Alors, comme abondance de biens ne nuit pas, je vais vous prendre tous les deux, ce qui me remplacera certainement avec avantage la main que j'ai laissée au Tonkin. Voici ce qui te regarde, Charles ; tu vas faire sauter le couvercle de cette caisse, et toi, Luçonnette, tu disposeras les objets comme je te dirai, au fur et à mesure qu'ils apparaîtront

Les enfants ravis, battirent des mains à cette perspective et l'examen commença.

Je n'entreprendrai pas de vous faire

l'énumération de tout ce qui était entassé dans la malle de l'officier. Il y avait de tout un peu : des tissus de soie les plus variés, des broderies en relief d'une beauté rare, des ornements en ivoire sculpté, d'une délicatesse et d'un fini admirables, mais sans aucune espèce do perspective; des épingles aux formes multiples, employées dans la toilette des femmes; du thé, des porcelaines, des lanternes de toute espèce, garnies de plus de houppes et de poupons qu'une mule espagnole, du crêpe de Chine, des éventails, des petits meubles de laque, des gravures, du papier blanc et du papier imprimé, des spécimens de bois de diverses essences, des morceaux de minerai d'or et d'argent, de petits lingots de ces mêmes métaux, d'immenses chapelets qui étonnèrent fort les enfants, des statuettes qu'ils prirent pour des magots, des graines, des nattes travaillées, etc.

— Oh! tu nous expliqueras tout cela? d'où cela vient? A quoi cela sert? Quels sont les mœurs et les habitudes des Chinois? N'est-ce pas, mon oncle? répétaient les enfants à l'apparition de chaque article nouveau.

Au moment où Luçonnette revenait de porter à grand'mère un paquet à elle destiné, l'oncle disait à son neveu en souriant :

— Quel est le distingué nom de famille de Monsieur ?

Charles l'écoutait avec de grands yeux surpris.

— Mais, mon oncle...

— Mais, mon neveu, reprit le jeune homme en riant de la stupéfaction de l'enfant, si tu veux t'initier à la vie en Chine, au moins serait-il bon de commencer par le commencement. Or, que ferais-tu si tu arrivais dans une maison chinoise? Ne serais-tu pas obligé d'en saluer les habitants?

— Si, vraiment, mon oncle. Est-ce donc ainsi qu'on salue?

— Oui, mon enfant; comme en France, on se lève lorsque quelqu'un entre, et on lui adresse les questions suivantes :

— Supposons que c'est toi qui interroge; je vais souffler les réponses à ta cousine.

— Je dirais comme tu me disais tout à l'heure, quel est le distingué nom de famille de Monsieur?

L'oncle soufflant à la fillette :

— Mon obscur nom de famille est Dalsème.

— Et après?

— Après? tu devrais ajouter : Quel est l'honoré prénom de Monsieur?

— Mon méprisable prénom est Gaudérique.

— Et puis? demandèrent les enfants que ce dialogue d'un nouveau genre amusait fort.

— Où se trouve le renommé palais de Monsieur *!*

— Ma misérable chaumière est à la villa des Roses.

— Ici vient le moment de faire asseoir son interlocuteur et de prendre place toi-même, puis tu continues :

— Est-ce que votre honneur a déjà consommé son riz?

— Je n'en ai pas été digne.

— Et tu ne te douterais pas, Luçonnette, que cette formule équivaut à un
oui. Je continue :

— Quelle importante affaire amène
Monsieur, ici?

— C'est une chose toute futile.

— Quel est l'âge vénérable de Monsieur?

— Vingt-deux ans.

— Si nous étions plus vieux l'un et
l'autre la conversation pourrait se pour-
suivre ainsi :

— L'honorable barbe de Monsieur a
bien belle apparence!

— Elle ne vaut point celle de Monsieur
qui est d'une si vénérable blancheur!

— Ne me louez pas; la vôtre est bien
plus épaisse et vous donne un aspect
majestueux. A quel âge avez-vous commencé à la laisser croître?

— Vers trente ans.

— Et déjà si forte? D'après les cou-
tumes de la « fleur du milieu, » on ne
peut se laisser croître la moustache
qu'après quarante ans révolus, et la
barbe entière que si l'on est grand-père.

Quelles sont à cet égard les règles dans votre honorable pays natal?

— Sous ce rapport, chacun fait comme bon lui semble ; on se laisse croître la barbe en partie ou en entier; on la coupe, on la rase de nouveau, absolument comme on veut ; il n'y a nulle règle à cet égard.

— Vraiment ! Nous, habitants de la fleur du milieu, nous avons pour règle : « Si tu fumes, ne t'en déshabitue pas ; si tu as une barbe ne la rase pas ! De plus, le cadet ne doit jamais se laisser croître la moustache ou la barbe avant son aîné. Que faites-vous sous ce rapport dans votre honorable pays natal?

— Nous ajoutons si peu d'importance à ces choses, qu'elles ne font pas l'objet d'une règlementation particulière.

— Alors on n'honore pas les aînés dans votre honorable pays natal?

— Je te cite là un fragment de conversation que j'ai entendu rapporter par un missionnaire M. Ch. Pitou. Dans un autre ordre d'idées on disait encore :

— Combien de fils princiers possède Monsieur?

— Moi? je n'ai qu'un seul petit vau-
rien.

— Et combien de mille pièces d'argent?

— J'ai deux petites vauriennes

— Oh! **quel abus** des adjectifs, mon
oncle, s'écria Charles, et quelle feinte
humilité!

— Tu peux bien dire feinte, mon enfant; car il n'est pas au monde de peuple plus infatué de lui-même, de sa natio-
nalité et de son savoir, qui se résume en
somme, en si peu de chose.

— Et comment peuvent-ils supporter
un pareil cérémonial? demanda la petite
fille.

— Un pareil cérémonial? Mais, ma
chère, ce n'est rien. Figure-toi bien que
les règles de la civilité puérile et honnête
sont contenues dans trois mille formules,
et qu'un Chinois bien élevé doit les connaître toutes, et ne manquer à aucune. Il
est surtout de rigueur, comme tu le vois,
de se déprécier soi et ce que l'on possède,
et d'exalter les autres au suprême degré,

Tiens, voici, par exemple, une **lettre** d'invitation à un mariage :

— Quoi? ce carré de papier rouge?

— Tout juste. Avec ces caractères hiéroglyphiques et minuscules, voici ce qu'il renferme :

« Monsieur Li-de-Hatjouk salue humblement le noble monsieur Yeri-Paug et le prie plus humblement encore d'assister à l'humble cérémonie de son mariage qui se fera le vingt-quatrième jour de la présente lune. »

— Quoi! tout ça en si peu de mots?

— Certainement, la langue chinoise ne contient que trois cent trente mots, tous monosyllabes et cent vingt-quatre lettres mères; mais chaque mot est prononcé avec tant de diverses inflexions, qui ont chacun leur sens différent, que l'on peut exprimer à peu près toutes les pensées. Ces trois cent trente mots se combinent par des inflexions dans le langage, et par des signes dans l'écriture jusqu'à quatre-vingt mille fois. Par exemple, le mot *chu* prononcé en traînant sur *u,* et élevant sa voix, signifie *seigneur et maître;* d'un ton uni et allongé, il signifie *pourceau;* d'un ton bref, il veut dire *cuisine,* et d'un ton fort, mâle, qui s'adoucit sur la fin, il signifie *colonne.* De même la syllabe *po,* suivant ses différents modes et ses différentes prononciations. n'a pas moins d'onze différents sens : Elle signifie *verre, bouillir, vanner du riz, prudent, libéral, préparer, vieille femme, casser ou fendre, incliné, fort peu, arroser, esclave ou captif.*

— Il en faut conclure que les Chinois doivent avoir l'oreille bien délicate pour ne pas se tromper sur le sens des mots prononcés , observa judicieusement Charles.

— C'est justement ce qui complique tellement leur écriture. Comme ils n'ont point d'accents écrits pour varier les sens, ils sont obligés d'employés pour le même mot autant de figures qu'il y a de tons par lesquels son sens est varié; ils ont avec cela des caractères qui expriment deux ou trois mots, et quelquefois des phrases entières. Il est aisé de s'imaginer combien l'étude d'un si grand nom bre de caractères demande d'années, non seulement pour les distinguer dans leur composition, mais pour se souvenir même de leur signification et de leurs formes. Cependant lorsqu'on en sait parfaitement dix mille, on peut fort bien s'exprimer dans cette langue, et lire une quantité de livres. Celui qui en sait le plus passe pour le plus habile.

— Mais, mon oncle, est-ce que au Tonkin la langue écrite et la langue parlée sont les mêmes qu'en Chine? interrompit Luçonnette.

— Non. Du moins pas la langue parlée Mais chose curieuse, c'est que les caractères de la Cochinchine, du Tonkin et du Japon sont les mêmes qu'en Chine et ont une signification identique. Et, bien que les peuples de ces quatre régions aient un langage si différent qu'ils ne peuvent s'entendre dans la conversation, ils se comprennent parfaitement par écrit et leurs livres sont communs entre eux. Aussi leurs caractères peuvent-ils être comparés aux figures des nombres qui portent différents noms en divers pays, mais dont la valeur est la même partout.

— Mon oncle, as-tu appris à écrire?

— J'avais quelque peu essayé, mais tu ne te fais pas une idée, Charles, combien leur manière de produire les caractères est différente de la nôtre. Ils ne se tracent ni avec la plume ni avec un crayon, mais avec un pinceau.

— Oh! cela ne m'étonne pas; c'est plutôt du dessin que de l'écriture.

— Malheureusement je ne puis t'en donner une idée, ayant eu trop de peine à apprendre à écrire le français de la main gauche pour m'exercer au chinois. L'on tient le pinceau perpendiculairement, comme si l'on voulait piquer le papier, et non seulement on écrit de droite à gauche, mais renchérissant sur les Arabes, on fait aller les lignes du haut en bas.

— Quel mode bizarre! et comme ce doit être difficile à lire!

— Non, parce que ce n'est qu'une affaire d'habitude, et que chacun s'exerce à bien écrire. C'est un grand honneur de bien former des caractères; une belle pièce d'écriture, comme celle-ci, par exemple, est préférée au tableau le plus fini.

— C'est en effet joliment écrit.

— Oui, mon ami; mais c'est fort important, car c'est de cette perfection que dépend la beauté de l'impression.

— De l'impression? répéta étourdiment Luçonnette. Les Chinois ont donc des livres imprimés?

— Des livres imprimés! Mais le fameux *Sse-Khou-Tsuane-Chou*, ouvrage commencé en 1773, doit, à lui seul, comprendre cent soixante mille volumes et n'en est encore qu'au soixante-dix-huit mille sept cent trente-huitième.

— Oh! mon oncle, tu m'épouvantes. Et qu'est-ce que cet ouvrage?

— Pour te rassurer, je te dirai que ce sera le résumé de la littérature chinoise qui est, du reste, la plus riche de toute l'Asie. C'est l'empereur Kien-Long qui eût l'idée d'ordonner d'imprimer une bibliothèque générale des ouvrages les plus estimés en Chine

— Ce doit être drôle, s'écria Luçonnette.

— Ne t'en moque pas, ma chère, on y trouve d'importants ouvrages de législation, de philosophie, d'histoire, de géographie, de jurisprudence, des lexiques, des encyclopédies, beaucoup de livres bouddhiques, des romans, des pièces de théâtre...

— Oh! des romans! des pièces de théâtre!... Est-ce que tu en connaîtrais par hasard, mon oncle?

— Je n'en ai point lu, parce que les ouvrages ne sont guère répandus; cependant j'ai ici la note de quelques livres traduits en français, qui m'ont été recommandés comme spécimens : *Hao-Khieou-Tchouân,* récit de la femme accomplie. *Yu-Kino-Li,* les deux cousines. *Ps-che-Tsing-si*; blanche et bleue *Tchao-tchi-Kou-coul,* l'orphelin de la Chine, etc., etc.

— Mais enfin, comment peuvent-ils imprimer?

— L'imprimerie chinoise n'a rien de commun avec la nôtre. Le graveur colle chaque feuille du manuscrit sur une planche de bois dur et poli, et avec un burin il suit les traits, sculpte les caractères en relief, abattant tout le bois sur lequel il n'y a rien de tracé. Tels furent les premiers essais de notre imprimerie; mais, vous le savez, on les abandonna aussitôt pour adopter les caractères mobiles de fonte.

—Et pourquoi les Chinois n'en feraient-ils pas autant?

— Parce que ce serait une dépense énorme de graver et de fondre cinquante à soixante mille caractères différents.

— Du reste, remarqua Charles, quand même on les fondrait, il me semble qu'il ne se trouverait pas de compositeur qui eût assez de mémoire pour s'en servir.

— Mais comment font-ils avec un papier si mince?

—Eh! tu le vois bien, on n'imprime que d'un côté.

— Et ce qu'il y a de plus curieux, continua l'oncle, c'est que cette invention, qui ne date chez nous que de 1434, remonte en Chine bien avant l'époque historique.

— Qui nous reporte?...

— A 2207 ans avant J.-C.

Les enfants manifestaient leur étonnement, de cette date reculée, lorsqu'on annonça des visiteurs et la conversation devint générale.

III

— Mon oncle, qu'est-ce que c'est que ces hideux petits bons hommes? demandait le lendemain la fillette en alignant une série de statuettes, toutes plus contrefaites, plus difformes les unes que les autres.

— Ces hideux petits bons hommes! comme tu les traites! on voit bien, ma chère, que tu ignores que ce sont des dieux. Il existe des boutiques tout autour desquelles on voit étalées sur des rayons des centaines de figurines, comme celles que tu tiens-là. Au premier abord on croirait être chez un marchand de joujonx.

— Pas beau en tout cas, remarqua Charles.

— Mais non ; c'est tout simplement un marchand d'idoles. C'est là que le Chinois païer fait achat de son Dieu, qui ne lui coûte que quelques sous ; il le place dans le même panier où se trouvent les choux, la viande et les fruits dont il a besoin pour sa consommation particulière ; mais rentré chez lui, il l'installe à la place d'honneur dans sa maison, l'adore et attend de lui toute espèce de bénédictions.

— C'est bizarre, reprit Charles, depuis ton départ je me suis beaucoup intéressé à la Chine et aux Chinois, et je m'étais figuré que c'était un peuple tout autre, ayant eu pour législateur un homme comparable à Socrate, et dont la morale sublime rivalisait presque avec celle de l'Evangile. Je ne m'attendais donc pas à ce que ce fussent des idôlatres aussi grossiers.

— Tes données ne sont point aussi erronnées que tu le crois, mon garçon. Evidemment dans l'antiquité ce peuple connaissait et adorait un Dieu unique, juste, miséricordieux et tout puissant ;

mais vers le commencement de l'ère
chrétienne le bouddhisme fut introduit
en Chine et y prospéra côte à côte avec
le taoïsme ; de sorte que la Chine se
débat aujourd'hui entre trois systèmes
religieux, tous plus faux les uns que les
autres. L'empereur et la partie éclairée
du peuple, les lettrés et les hauts mandarins, suivent le confucianisme, expression la plus haute de la morale, de l'hu-
manité abandonnée à elle-même, la foule
seule (c'est-à-dire quatre cent millions
d'âmes) admet toutes les grossières su-
perstitions que les bonzes lui enseignent,
parce qu'elles les font vivre.

Charles aurait voulu continuer sur ce
sujet ; mais il fut prévenu par sa cousine.

— Mon oncle, que fais-tu de ce bel
éventail ? Est-il pour moi ? demanda la
fillette que la religion de la Chine inté-
ressait médiocrement.

— Non, Luçonnette ; choisis-en un autre si tu veux, mais laisse celui-ci.

L'enfant leva la tête, évidemment surprise et l'on voyait que le mot *pourquoi*
était sur ses lèvres, sans que, en fille

bien élevée, elle osât le prononcer.

— Tu te demandes quelle raison je puis avoir de me réserver celui-là plutôt qu'un autre ! Je vois cela, dit l'oncle en souriant, et je vais te la dire : c'est qu'il me rappelle un spectacle unique auquel j'ai eu le plaisir d'assister, déguisé bien entendu.

— Où donc, mon oncle, à Kétoa?

— Non, à Canton, où j'avais obtenu la permission de me rendre en congé pour tâcher de me débarrasser des misérables fièvres qui ont gâté mon séjour au Tonkin. L'on m'avait recommandé de visiter le temple du roi de la médecine.

— Oh! oh! fit Charles.

— Nom pompeux, n'est-ce pas? Mais il faut te dire que tout est temple en Chine, depuis les pagodes jusqu'aux restaurants. L'on trouve fréquemment des hôtels portant le nom de *Temple du bonheur Céleste, le Temple des Princes souverains, le Temple des Cinq félicités,* et cent autres dont les noms m'échappent, et dont certainement ni le luxe, ni le confort, ni la propreté même ne sont les divinités en honneur.

Charles se mit à rire ; mais Luçonnette voulait connaître le souvenir qui se rattachait à l'éventail qu'elle convoitait. Elle le prit donc en main et éventa doucement son oncle qui comprit et lui pinça la joue en riant.

— Je me rendis donc au temple du roi de la médecine ; puisque roi il y a, dont la statue occupait le fonds, tandis que cinq autres célébrités médicales étaient réparties sur les côtés. C'était le vingt-quatrième jour du quatrième mois, jour de naissance de ce Dieu.

— Est-ce qu'on lui souhaite la fête, par hasard?

— Je ne sais. Tout ce que je puis te dire, Luçonnette, c'est qu'il est reçu de croire que cette honnête divinité passe chaque année la nuit qui précède sa naissance, occupée à cueillir dans les montagnes des plantes médicinales au profit de ses adorateurs. Il est naturel qu'au retour d'une pareille expédition, d'autant plus méritoire qu'elle est nocturne, on

se le représente le matin exténué de
fatigue, accablé de chaleur. Aussi, tous
ceux qui veulent obtenir une guérison,
rivalisent-ils d'ardeur avec ceux qui
croient en avoir obtenu une, pour lui
témoigner leur reconnaissance. Et de-
vinez comment?

Les enfants ne dirent mot : ils étaient
tout oreilles.

— En rafraîchissant le digne Esculape
chinois avec leurs éventails. Figurez-
vous donc quatre à cinq mille personnes
se pressant, se bousculant, s'étouffant
pour approcher le plus près possible de
l'image du Dieu, en étendant leurs mains
armées d'éventails pour accomplir leur
office. Mais ne te figure pas que ce soit
par pur désintéressement; ce serait trop
beau. C'est qu'on a la conviction que
l'éventail qui a servi ce jour-là, possède
la vertu de guérir la fièvre. On le con-
serve donc avec soin pour le retrouver
en cas de besoin et, celui-ci m'a été
donné comme spécifique par un brave
homme qui s'était pris d'amitié pour moi
et dont j'ai gardé le meilleur souvenir.

— Les Chinois sont donc susceptibles d'éprouver de l'amitié? dit Luçonnette. Moi, je les exècre.

— Et tu as tort; comme peuple, les Chinois ont de grandes qualités; ils sont actifs, laborieux et sobres. La grande majorité du peuple qui ne doit sa subsistance qu'à la continuité de son travail, passe des jours entiers à remuer la terre, les pieds dans l'eau jusqu'aux genoux, et le soir se croit fort heureux d'avoir pour son souper un peu de riz, un potage d'herbes et du thé.

— Oh! mon oncle, ne dit-on pas au contraire qu'ils sont vantards, vénals, dissimulés et de mauvaise foi, principalement avec les étrangers?

— Certes, mon ami, je ne nierai pas que lorsqu'ils en veulent à quelqu'un, ils poursuivent leur vengeance avec autant d'acharnement que les Corses, et ensuite qu'ils sont lâches et se vengent en gens qui aiment à prendre leurs sûretés. La dernière guerre ne l'a que trop prouvé. Mais enfin, constater leurs défauts n'est

pas une raison pour nier leurs vertus ;
ils sont doux, polis.

— Trop même, s'écria Charles.

— Amis de la paix ; chez eux la famille
est bien constituée. S'il y a du respect.
de la part des enfants, il y a généralement de l'indulgence de la part des
parents. Nulle part le lien n'est plus fort
entre le père et le fils ; la femme reçoit
de l'éducation et est assez honorée ; et
si le respect pour l'autorité paternelle va
quelquefois trop loin, jusqu'à la supers-
tition peut-être, on ne saurait les en
blâmer, car c'est la base sur laquelle
repose tout leur système gouvernemen-
tal. Ils sont persuadés que si les enfants
sont soumis à leurs parents et si le peuple regarde le souverain et les magistrats
comme leurs pères, toute la nation ne
sera qu'une famille bien réglée.

— C'est malheureux qu'ils n'aient pas
mieux réussi dans l'application de leur
théorie, remarqua M. Dalsème qui ache-
vait son journal, dans un coin de la
pièce.

— Oui, vraiment, car il y a peu de

pouple aussi remuants, répondit Charles.

— Comment en pourrait-il être autrement avec une agglomération de quatre cent quatorze millions d'habitants, plus du tiers de la population du globe !

— Dis donc, mon oncle, Charles a résolu de te demander de lui expliquer toutes sortes de choses sur l'histoire et sur la géographie de la Chine ; mais moi j'aime mieux que tu me dises comment ces gens s'habillent, ce qu'ils font, ce qu'ils mangent, comment sont les maisons, enfin des choses moins savantes, mais beaucoup plus amusantes.

— Oh ! oh ! jeune fille, voilà bien l'instinct de ton sexe qui se révéle ! Alors, parle, je te répondrai.

— Tu ne nous a jamais dit si les Chinois ressemblent réellement à ceux... tiens, des éventails ou de ce paravent !

— Non, ma chère, ils n'ont rien d'aussi ridicule. En général ils ont le front large, les paupières élevées, les yeux petits et fendus, relevés vers les tempes ; les sourcils sont grands, le nez court et un peu écrasé, la bouche ordinaire, les pommettes saillantes, ce qui constitue une physionomie dont l'ensemble n'a rien de désagréable. Leurs cheveux sont noirs, la peau blanche...

— Je la croyais jaune?

— J'en ai vu autant de fort blanc que de jaune, d'où je conclus que c'est comme partout passablement mélangé.

— Et la queue de cheveux, oncle Charles.

— Leur natte est le plus bel ornement de leur individu; ils y tiennent tellement, que lorsqu'à l'invasion des Tartares, ceux-ci les condamnèrent à couper leurs cheveux, sauf une petite touffe. Le plus grand nombre aima mieux se laisser couper la tête.

— Je n'aurais pas été si loin, remarqua Luçonnette.

— C'est qu'aussi tu n'es pas un Chinois.

— Et leurs vêtements?

— Tiens, prends dans ce tiroir les effets que tu y as déposés hier; tu vas y trouver tout ce qu'il faut pour déguiser ton frère en Chinois accompli, même une queue, car je dois te prévenir que la nature capricieuse, en Orient comme en Occident, n'a pas doté tous les habitants du Céleste empire de la longue chevelure qu'ils affectionnent, et dont ils se parent, comme nos élégantes de leurs faux chignons.

— Voyons, Charles, viens que je te serve de femme de chambre, sous la direction d'oncle Gaudérique. Cela va-t-il être amusant !

Le jeune garçon ne demandait pas mieux que de se prêter à cet amusement.

La petite fille sortit alors une paire de chaussettes de soie piquée qu'elle passa à son cousin. Elles étaient peut-être un peu trop grandes, mais peu importait; elles ne gêneraient point dans la chaussure, consistant en une paire de babouches. Elle lui tendit ensuite des pantalons de soie bleue, qu'elle lui ajusta elle-même à la taille, par une ceinture de même couleur, mais plus claire dont les bouts étaient terminés par d'opulents glands de soie rouge. Elle lui remit après une chemisette en soie blanche, dont la légèreté rappelait notre foulard   puis une longue robe de soie... qui se boutonnait sur le côté et faisait légèrement la queue sous la tunique courte qui complétait le costume.

— Ce qui n'est pas de rigueur, remarqua l'oncle Gaudérique qui riait de bon cœur de voir Charles si empêtré dans son nouvel accoutrement. La robe ne doit point cacher les pieds; il faut pourtant te familiariser avec ton costume, car je prétends vous accompagner, ta sœur et toi, au prochain bal masqué de la sous-préfecture

— Dont nous serons les lions.

— Pas nous, notre oncle.

— Mais, oncle, que fait-on de cela? demanda Luçonnette qui tournait et retournait entre ses mains un plastron de soie brodé de la façon la plus riche, et la plus délicate à la fois.

— C'est ici que cela se fixe, indiqua l'officier de sa main gauche, en étendant l'objet sur la poitrine de son neveu et en ajoutant à sa toilette une riche cordelière destinée à maintenir l'éventail.

— Il ne manque plus que la coiffure, s'écria Luçonnette.

— La voici.

— En quoi donc est-elle? mon oncle.

— Tu ne le devines pas? c'est tout bonnement un bonnet rond en carton, terminé en cône, recouvert en satin et doublé de taffetas.

— On voit que la Chine n'a point à ménager la soie; elle ne coûte pas si cher qu'ici?

— Non; mais ce ponpon de soie rouge qui pend presque sur les bords, est souvent remplacé par une longue mèche de crins, également de la même couleur.

— Comme le rouge et le bleu dominent dans ton costume, Charles! s'écriait la petite fille, en tournant et retournant autour de son cousin, qu'elle contemplait avec admiration.

— Parce que toutes les couleurs ne sont pas indistinctement permises en Chine. Ce costume est celui d'un riche personnage. Voilà pourquoi le rouge y est si fort mêlé. Le jaune n'appartient qu'à l'empereur et aux princes du sang.

Le rouge n'appartenait autrefois qu'aux mandarins. Le noir, le bleu et le violet à tout le monde, le vert et le rose étant réservé aux femmes; mais tu ne portes pas bien la queue, mon cher; pour s'asseoir, on la retrousse autour de son cou, et tes ongles d'écoliers déparent fort les mains, pour un haut personnage; il te faudrait des ongles d'au moins un centimètre.

— Et Luçonnette, oncle Gaudérique, n'as-tu rien pour l'habiller?

— Au contraire, j'ai bien des choses; mais ce qui manquera, c'est la coiffure qui est un si savant édifice et que, du reste, j'ai eu si peu l'occasion de voir de près que je crains qu'elle ne nous donne jamais satisfaction. Voilà bien les épingles de jade vert, les fleurs de cire artificielle, si finies et si parfaitement imitées Mais la coiffure, paraît-il, consiste à partager les cheveux en plusieurs coques artistement disposées, et à y entrelacer des fleurs d'or, d'argent et des pierreries. Souvent on y ajoute une figure d'oiseau, dont les ailes déployées

tombent sur les tempes ; la queue re-
troussée forme aigrette sur le milieu de
la tête ; au-dessus du front est le corps de
l'animal, dont le cou et le bec se trouvent
précisément sur le nez. Mais cet ornement n'appartient qu'aux femmes de
haute distinction et je n'ai pas pu me le
procurer.

Pendant ce temps Luçonnette, retirée
derrière les lourds rideaux de la fenêtre,
avait successivement revêtu un pantalon
de soie blanche, que son oncle lui avait
dit d'attacher au-dessus des chaussettes
de soie nankin qui avaient remplacé ses
bas ; puis une jupe plissée, et, enfin, une
longue robe de soie rose à quatre fentes,
ourlée d'un large galon brodé ; puis elle
glissa ses petits pieds dans de mignonnes
pantoufles brodées de perles, et reparut
tenant à la main un plastron agrémenté
de soutaches en filigrane d'or, que son
oncle lui fit attacher à sa taille. Elle était
vraiment charmante ainsi, et courut
chercher sa grand'mère pour jouir de sa
surprise et de son étonnement.

Gaudérique la rappela.

— Tu oublies un complément indispensable, lui dit-il, en lui présentant une petite boîte renfermant ce qu'elle prit pour une dizaine de dés d'argent.

— Quoi donc, mon oncle? demanda-t-elle avec surprise.

— La marque distinctive d'une femme de qualité. Les petits étuis dans lesquels doivent se conserver tes ongles roses et délicats.

Luçonnette s'empara des dits étuis, dont la ciselure était vraiment admirable; mais elle ne les garda pas longtemps; ses petits doigts habitués à leur liberté supportaient impatiemment cette entrave.

— Je me fais l'effet d'un chat chaussé de coquilles de noix, disait-elle en riant aux éclats. Il me faudrait porter ce petit ornement à la pension et me mettre au piano avec! Je me représente la fureur de mon professeur qui prétend toujours qu'il entend mes ongles sur les touches; ce qui n'est pas vrai...

— Parce que tu les ronges, remarqua malicieusement Charles, qui cédait trop

fréquemment au malin plaisir de faire
enrager sa cousine.

Heureusement pour la bonne harmonie
des deux cousins, oncle Gaudérique leur
dit :

— Eh bien! vous aurez beau être dé-
guisés en Chinois, vous ne passerez jamais
pour authentiques ; vous n'êtes pas assez
hospitaliers.

— Et que faut-il faire, mon oncle?
s'écrièrent les deux enfants oubliant leur
querelle naissante.

— Que m'avez-vous offert, je vous
prie, jeunes Chinois d'occasion? Ne
savez-vous pas que dès que paraît un
visiteur, à quelque heure du jour que ce
soit, le maître ou un fils de la maison,
s'empresse immédiatement de lui offrir
la boisson nationale. Et remarquez qu'elle
n'a point d'analogie en Europe, puisqu'elle remplace à la fois l'eau, le vin, la
bière, le café et qu'on ne s'en sert point
au repas pour arroser les mets, mais à la
fin seulement et pour s'en rincer la bouche.

Luçonnette était allée chercher un

plateau de laque sur lequel elle avait disposé trois petites tasses de fine porcelaine avec une théière, auxquelles elle avait ajouté un sucrier de cristal, car cet objet ne fait point partie d'un service chinois.

— D'abord, mademoiselle Luçonnette, dit l'oncle Gaudérique, faites disparaître cette tasse qui offusque mes regards. Depuis quand une maîtresse de maison chinoise prendrait-elle place à une table où se trouve un étranger? Et ensuite ce sucrier dont un Chinois n'a que faire; procurez-vous de l'eau bouillante; pendant ce temps vous mettrez une pincée de ce thé dans chaque tasse, et vous verserez l'eau dessus. Mais toi, Charles, tâche de faire attention à m'offrir cela dans les règles.

— Maintenant comment faire, mon oncle ?

— Prendre la tasse de tes deux mains et me la présenter en disant : « Chit tsha, » ce qui signifie « buvez du thé. » Dans bien des maisons il existe une petite table absolument consacrée à porter la théière renfermée dans une gaîne soigneusement rembourrée pour maintenir le thé chaud, laquelle petite table porte le nom de « chit tsha. »

— Et si je t'offrais la tasse d'une seule main, oncle Gaudérique; est-ce que le parfum du thé serait moins bon?

— Non, mon cher, mais ce serait d'une insigne grossièreté que l'on doit toujours éviter. De même moi, sous peine de passer pour un lourdeau, je dois recevoir également la tasse des deux mains et m'incliner profondément en disant : « Nokki, » c'est-à-dire, « ne faites pas de cérémonie. »

— Oh! que c'est amusant, mon oncle, disait Luçonnette, que j'aimerais assister à un dîner!

— Tu risquerais fort d'y jeuner, toi qui fais si souvent la dégoûtée, dit Charles; on n'y mange que des abominations.

— Pas tant que cela, dit le jeune officier; j'ai dîné quelquefois chez le brave Kiao-Li qui m'a fait cadeau de l'éventail souverain contre la fièvre, ce n'était point un grand seigneur, tant s'en faut; aussi, ne comptait-il point sur sa table les cent plats de rigueur de tout dîner de cérémonie. Mais il mettait, comme on dit vulgairement, les petits plats dans les grands et l'on ne sortait point de table avec la faim, ce qui est déjà quelque chose.

— Oh! dis-nous ce qu'il y avait au moins.

— Voyons, c'est difficile. D'abord, un grand baquet de riz placé à côté de la table. Ah! j'y suis : au milieu se trouvait une écuelle contenant un poulet bouilli et coupé en morceaux; puis différents petits plats de haricots, de vermicelle, de poisson salé, de sauterelles frites, des œufs pochés de cannes et vanneaux, des têtards d'eau douce, des huîtres de Ning-po, des filets de jument sauvage, du porc frais, des pieds d'ours.

— Tiens! tu vois que tu fais déjà la grimace, Luçonnette, s'écria Charles.

— Et tout cela fallait-il le manger avec de petits bâtonnets comme ceux-ci? demanda la petite fille dédaignant de répondre aux taquineries de son cousin.

— Assurément, ma chère.

— Et comment t'y prenais-tu ?

— Je ne saurais plus te le faire voir aujourd'hui, fit le jeune homme avec un léger soupir, mais chassant cette tristesse passagère, il reprit gaiement : toujours est-il que l'on commença par verser de l'arack, boisson fermentée que l'on tire du riz et du millet, très faible, dans les bols qui remplacent en Chine nos assiettes ; nous nous adressâmes quelques compliments dont je m'étais fait au préalable indiquer la teneur, puis, tous en même temps, nous portâmes nos bols à la bouche et nous avalâmes une gorgée de leur contenu ; puis, toujours avec le même ensemble, nous prîmes nos petites baguettes de la main droite comme des pincettes, dont nous nous servîmes pour prendre une bouchée de poulet. Je me rappelle que j'y mis le temps.

— Que j'aurais donc voulu te voir !

— J'y étais devenu assez expert ; plus tard après le morceau de poulet, nous reprîmes une gorgée d'arack, et ainsi de suite, jusqu'à extinction de ce premier plat. Après quoi nous remplîmes nos bols de riz, au moyen d'une vaste cuillère en porcelaine. Nous les portâmes de la main gauche à hauteur convenable et au moyen des baguettes, toujours tenues de la main droite, nous poussâmes le riz dans notre bouche.

— Et l'on y arrive?

— Parfaitement; ce n'est qu'une affaire d'adresse.

— Et tu mangeas des autres plats?

— Egalement.

— Même des sauterelles.

— C'était un peu sec, mais point mauvais. Les Arabes s'en nourrissent le mieux du monde.

— Et les têtards?

— C'était un peu fade, mais très fin.

— Oh! mon oncle, moi qui ne peux pas seulement regarder les grenouilles ou les escargots!

— Cela prouve, maître Charles, que vous feriez mieux de vaincre vos répugnances déraisonnables que de chercher noise à celles des autres, dit oncle Gaudérique en passant une main caressante dans les boucles épaisses de l'écolier, pour atténuer la leçon qu'il voulait lui donner.

Mais Luçonnette voyant son cousin rougir, s'écria pour lui éviter un moment d'embarras.

— Il n'y a guère d'hommes comme toi, cher oncle ; tu es toujours satisfait de tout et je crois vraiment que tu ne sais pas ce que c'est que murmurer ou te plaindre.

Le jeune homme secoua la tête et quitta le salon tristement.

IV

Charles et Luçonnette rentraient du village où ils étaient allés porter des lettres à la poste, au moyen d'un léger véhicule que conduisait le jeune garçon. Au retour, ils rencontrèrent leur oncle qui était venu à leur rencontre.

Après quelques minutes de conversation sur les diverses commissions qu'ils avaient eu à faire au village, Luçonnette demanda tont à **coup :**

— Oncle Gaudérique, tu ne nous as rien dit des véhicules en Chine?

— Hé! par une bonne raison, ma chère, c'est qu'il n'y en a pour ainsi dire point, car je n'appelle ainsi ni le palanquin, ni la chaise à porteurs qui ne sont point admis pour un long voyage. Le Chinois ne se promène guère et ne s'est point occupé à se procurer des voitures. Les dépêches impériales sont transportées à cheval, dans les pays du nord; au midi, où il n'y a pas de bêtes de somme, des soldats fantassins les portent d'étape en étape. Dans certaines contrées, m'a-t-on dit, des hommes attelés à des brouettes que surmonte une voile si le vent est bon, transportent les objets ou quelque rare voyageur.

— Une brouette à voiles! c'est une idée qui ne me serait pas venue! s'écria Charles; il faudra que j'essaie.

— Pardon, maître Charles, mais vous vous figurez déjà une brouette française, tandis que celle dont j'ai l'honneur de vous parler, n'y ressemble point. La roue de la brouette chinoise qui est de la taille d'une petite charrette, se trouve placée au milieu du coffre, et le divise en deux parties, dont une peut être réservée au voyageur et l'autre aux bagages ; ce qui a l'avantage d'équilibrer fort bien le véhicule.

— Et où se met l'homme ?

— Derrière, car il pousse et ne traîne pas, et c'est ainsi que lorsqu'on a le vent arrière, il hisse une voile carrée, et se trouve non seulement secondé, mais parfois même entraîné.

— Ce n'est pas déjà si bête ! s'écria Charles, dont la vive imagination se représentait toujours très facilement ce dont on lui parlait ; mais s'ils n'ont point de routes, comment donc se font les communications dans un si vaste empire ?

— On voyage par eau. Ce n'est pas qu'il n'y ait, surtout dans les provinces méridionales, des chaussées fort unies, fort larges et fort bien pavées. L'on a même pris la précaution pour les rendre plus commodes et les tenir autant que possible de niveau, de combler les vallées, de fendre des rochers et même des montagnes. J'ai passé dans quelques-uns de ces chemins; j'en ai vu qui étaient bordés d'arbres très hauts, et d'autres de murs élevés de huit à dix pieds pour empêcher les voyageurs d'entrer dans les champs.

— Ce ne doit guère être commode! s'écria la petite fille.

— L'on a tout prévu : ces murs ont des ouvertures à certains intervalles pour ouvrir le passage des chemins de traverse qui conduisent aux différents villages.

— Alors je n'ai plus rien à dire.

— Non, ma chère, d'autant moins que ces routes ont sur les nôtres de grands avantages.

Charles se retourna si brusquement à la pensée qu'il y avait en Chine quelque chose de supérieur à ce qu'il voyait en France, que le cheval fit un écart et il faillit arriver un accident.

— Dis donc, jeune homme, ne me casse pas le seul bras qui me reste intact, s'écria l'officier en saisissant les rênes pour maîtriser l'animal; ne t'y trompe pas, ce n'est pas le patriotisme qui peut nous empêcher de constater chez les au-

tres ce qu'il y a de bon et au besoin de
l'imiter. Ce n'est qu'un sot orgueil na-
tional en tout point semblable à celui qui
retient depuis tant de siècles le peuple
dont nous parlons, dans son apathie et
son isolement. Sa ridicule infatuation
lui fait croire que nul ne réussit mieux
que lui dans ce qu'il entreprend, et après
avoir connu l'imprimerie, la poudre à
canon, et tant d'autres choses, en particulier la boussole, quatre mille ans avant
notre ère, leurs marins, ignorants de son
usage, suivent les côtes et jettent l'ancre
tous les soirs.

Charles était tout honteux ; ce que
voyant, Luçonnette s'empressa de demander :

—· Quelle est donc cette innovation qui
rend leurs routes supérieures aux nôtres?

— Remarque que je n'ai pas dit *supérieures,* ma Luçonnette; car ce qui est
très bien pour la Chine où l'on voyage
pédestrement, où il n'y a point d'hôtel-
leries, serait parfaitement inutile en
France, avec les moyens de locomotion
si rapides et les innombrables auberges

de notre pays. On a bâti de loin en loin de petits reposoirs en forme de grottes, où les voyageurs peuvent se mettre à l'abri de la pluie, du froid et de la chaleur.

— Qui donc a eu cette bonne pensée?

— Ce sont en général de vieux mandarins qui, retirés dans leurs propriétés, cherchent à se rendre recommandables par des ouvrages utiles au public.

— Ah! c'est qu'il faut avoir longtemps persévéré dans la pratique du bien pour pouvoir, après un nombre plus ou moins grand de transformations successives, espérer atteindre finalement le *paradis occidental* pour y jouir d'une félicité éternelle.

— Les Chinois croient donc à la métempsycose? demanda Charles.

—S'ils y croient! oui, certes, et c'est le bouddhisme qui a introduit chez eux cette absurdité. Mais je voulais vous dire un mot de ce qu'il y a de réellement admirable dans le Céleste empire, et dussé-je froisser encore tes sentiments les plus intimes, mon pauvre Charles,

j'appuie sur le mot admirable : c'est la
manière dont les cours d'eau naturels
ont été utilisés par l'art, afin de consti-
tuer un immense réseau de voies de communications. A cet égard, la Chine peut
rivaliser avec la Hollande et l'Angleterre.
On n'y compte pas moins de quatre cents
canaux.

— Quatre cents ! Mais c'est énorme,
dit Luçonnette.

— On en voit un, reprit Gaudérique,
qui a cent quatre-vingts lieues de long, et
passe sous des montagnes, dans des
vallées, à travers des rivières et des
lacs ; c'est le plus ancien, paraît-il ; mais
il y en a d'autres qui ont jusqu'à trois
cents lieues de longueur, et sont assez
profonds pour porter de gros vaisseaux
approvisionnés de toutes les commodités
de la vie. Ces eaux, qui coupent la Chine
en mille endroits, portent de tous côtés
la fertilité et embellissent singulièrement le paysage.

— Oh ! mon oncle !...

— Soyez donc plus révérencieux,
maître Charles, car votre exclamation

m'a tout l'air de signifier « a beau mentir qui vient de loin. »

— Quelle idée, vrai, tu ne m'en crois pas capable? demanda Charles qui avait pour son oncle une trop haute estime et une trop grande admiration pour songer à lui manquer de respect.

— Je t'assure, mon ami, que j'ai tâché de contrôler mes informations, alors même que j'avais lieu de croire que je les avais puisées à bonne source. C'est pour cela que je puis t'affirmer, par exemple, que la Chine est encore le pays des ponts les plus magnifiques, et les plus remarquables par leur construction ; ces ponts sont d'une beauté qui frappe d'étonnement, et leur multitude forme une perspective fort agréable dans les lieux où les canaux sont en droite ligne. J'ai pu en juger par moi-même. Un de ces ponts, qui a plus de huit cents mètres de longueur, est soutenu par plus de trois cents piliers assez élevés pour donner passage à de grosses barques, avec leurs mâts et leurs voiles. Les deux côtés sont bordés de balustrades sur lesquelles on voit à égale distance des globes, des lions et des pyramides.

— Cela m'étonne après cela qu'ils ne les fassent pas de marbre pendant qu'ils y sont !

— Qu'à cela ne tienne, mon cher. On en rencontre communément de sept, huit, neuf arches, toutes de marbre.

— Allons ! bon ! il n'y a pas d'autres merveilles encore !

— Attends ; je vais te servir à souhait : le pont du fossé qui environne à Pékin le palais de l'empereur peut à bon droit passer pour une de ces merveilles que tu demandes. Il représente un dragon d'une taille extraordinaire, dont les pieds servent de piliers. Le corps forme l'arche du milieu, la queue une autre, et la tête une troisième. La masse entière est de jaspe noir, et toutes ses parties sont si parfaitement jointes, qu'on les croirait d'une seule pièce.

— Oh ! mon oncle, c'est comme un conte des *Mille et une Nuits*, s'écria Luçonnette.

— C'est l'Orient, ma chère, et l'Orient

réserve autant de surprises aux Occiden-
taux que l'Occident à ces braves Orien-
taux lorsqu'ils se déplacent, ce qu'ils
commencent à faire plus facilement, du
reste.

— Il n'en est pas moins vrai qu'ils
seraient bien étonnés de voir des ponts
suspendus comme les nôtres, reprit
Charles, qui voulait avoir le dernier mot.

— Ah ! mon pauvre garçon, des siècles
avant que l'on eût songé en Europe à
avoir autre chose que des passerelles et
des bacs, les Chinois avaient déjà un
pont dit *de fer*, ainsi nommé parce qu'il
est formé de l'assemblage de plusieurs
chaînes de ce métal. Il est bâti sur un
torrent dont le lit est fort profond.

— Je ne veux pas réclamer la supériorité pour ces ponts en fer d'une seule
arche qui relient deux montagnes, et qui
font, dit-on, la gloire de nos ingénieurs,
grommela Charles avec un peu d'humeur;
ces maudits Chinois seraient capables de
neus avoir devancés même en cela !

— Je regrette que tu en aies seulement fait mention, mon pauvre ami, car

la vérité m'oblige à te dire qu'il en existe un, vieux comme Hérode, et dit *le pont-volant.*

— J'en étais sûr ! s'écria Charles, cette fois tout à fait dépité.

— Oh ! pourquoi donc est-il ainsi dénommé ? demanda Luçonnette intéressée, en dépit de la vexation de son cousin.

— Parce qu'il paraît construit dans les airs. Il est d'une seule arche. Ses deux extrémités sont appuyées sur des hauteurs entre lesquelles une rivière coule dans une vallée profonde. Sa longueur a plus de deux cents mètres, et sa hauteur un peu plus. J'étais comme toi, Charles, j'avais peine à concevoir comment des hommes ont pu construire un pareil ouvrage avec des instruments aussi peu perfectionnés que ceux dont dispose ce peuple unique. Mais pour cesser de t'entretenir des perfections de nos féaux et amis Chinois, perfections qui m'ont l'air de te porter sur les nerfs, je vais te donner en cent à deviner, quel tour ils ont imaginé pour frauder l'impôt foncier auquel les terres seules sont soumises.

— Que veux-tu que je te réponde? ces gens sont si surprenants qu'ils sont capables de tout.

— De tout! c'est un peu vague; précise; imagine à quoi ils ont eu recours.

— A l'aérostation? demanda Luçonnette. Ils se sont fait des villes dans des ballons captifs?

— Pas encore. Ils ne sont point allés si loin.

— Tu veux dire si haut? reprit Charles, dont la bonne humeur ne tardait jamais longtemps à revenir

— Précisément. Le mot ne m'était pas venu; mais enfin, cela ne me dit pas quelle solution tu as trouvée à ma question.

— Bast! reprit le collégien après avoir un peu réfléchi, je ne sais.

— Tu donnes ta langue aux chiens?

— Au chat et à tous les quadrupèdes dont elle pourra faire le bonheur, ne réclamant toutefois qu'en faveur de mes oreilles, car mon oncle nous..... quelque

coquinerie dont je tiens à ne point perdre
le récit.

— Voilà ; le Chinois trop pauvre pour
vivre sur terre, se fait un radeau auquel
s'ajoutent en rien de temps d'autres radeaux qui ne tardent pas à composer une
île flottante. Cela se fait à l'aide de bam-
bous ou de troncs d'arbres, enlacés de
telle façon que l'eau n'y pénètre pas. On
bâtit dessus quelques maisonnettes, où
nombre de familles trouvent une demeure,
et le tour est joué *!*

— Il ne manquerait plus qu'ils voya-
geâssent ainsi ?

— C'est ce qu'ils font. Aussi lorsqu'ils
veulent changer de position, ils font
avancer leur domaine comme un immense
bateau, et vont amarrer leur île là où ils
désirent la fixer.

— Bravo *!* cria Luçonnette

— Et y a-t-il beaucoup de gens qui en
agissent ainsi ?

— On estime à vingt millions le nombre de ceux qui échappent de cette manière au paiement de l'impôt.

V

Luçonnette ne se lassait jamais de passer en revue les richesses étalées dans le salon, transformé en véritable musée. Le soir de ce même jour, elle était perdue dans la contemplation d'un paquet de petites baguettes renfermées dans un vase en métal.

L'oncle, un peu souffrant, reposait sur une chaise longue, et elle se fut gardée d'interrompre, par une question indiscrète, le silence dont le jeune officier semblait avoir besoin. Néanmoins, son expression de curiosité était vraiment comique en examinant ces petits bâtons, que Gaudérique, qui depuis un moment suivait des yeux le jeu de sa physionomie, partit d'un grand éclat de rire.

— Te voilà fort intriguée, ma Luçonnette, dit-il, en lui faisant signe de venir s'asseoir sur le bord de sa couche. Et tu n'oses pas m'interroger? Tiens, apporte-moi, outre ces baguettes, le

petit moulin que tu vois là-bas, tout cela
va de compagnie.

— Mais, oncle Gaudérique, tu as si
mal à la tête ! Je ne voudrais pas t'indis-
poser davantage.

— Bah ! je ne t'ai pas pour si longtemps, ma chérie ; cela me fera du bien
de causer avec toi, d'autant plus que tu
t'es privée d'aller au village pour tenir
compagnie à un vieil invalide.

— Un jeune, cher oncle ; et pas invalide du tout ; quand on t'aura posé la
main mécanique que le docteur Mercier
a commandée, il n'y paraîtra plus de ta
blessure.

— Je ne pourrai plus tenir un fusil de
ma vie, répondit le jeune homme dont le
front s'assombrit.

— Qu'importe ? si tu n'en avais jamais
tenu tu aurais tes deux mains.

— Ce n'est pas cela que je regrette,
mais enfin ! parlons d'autre chose. Vois-
tu ces *bâtonnets ?* On s'en sert beaucoup
pour le culte ; ils sont en encens comme
tu le vois ; on les allume tous, puis on se
prosterne à trois reprises contre terre en

frappant trois fois le sol de son front. De là, on se rend auprès de ce petit appareil qui figure dans tous les temples païens.

— Quoi? ce dévidoir?

— Précisément. C'est un moulin à prières.

— Oh! cette fois, oncle, tu te moques de moi.

— Nullement; je t'affirme que lorsqu'on tient à obtenir quelque grâce toute spéciale, on a recours à cet instrument qui, ainsi que tu le vois, compte huit branches.

— Et à quoi servent ces petites banderolles à leur extrémité?

— Ne vois-tu pas qu'elles sont couvertes de sentences sacrées? Ce sont là les prières.

— Et comment s'en sert-on?

— On commence par faire une offrande au bonze qui se tient à côté pour se le rendre propice, car c'est lui qui vous dirige dans cette nouvelle fabrication d'oraisons. On prend la manivelle de la main droite, et l'on tourne plus ou moins

vite, suivant l'ardeur de la dévotion qui
vous pousse.

— Et cela dure longtemps?

— Un quart d'heure, une heure...
comme on veut.

— Et ces longs chapelets, mon oncle,
ne font-ils pas partie du dévidoir?

— Grande erreur, chère petite; ces
chapelets, comme tu les appelles, n'ont
rien de religieux; c'est la monnaie cou-
rante en Chine.

— Elle n'est pas belle! Et qu'elle valeur
a-t-elle?

— La valeur d'un demi-centime. Ce
sont des sapèques faites de cuivre mêlé de
plomb; et comme tu le vois, ce trou carré,
percé au milieu, a pour but de les enfiler
par centaine.

— Pourquoi n'y a-t-il aucune figure?
Cela paraît singulier.

— Parce qu'on regarderait comme une
injure que l'effigie révérée d'un si grand
prince passât continuellement par toutes
sortes de mains. On y met quelquefois
des inscriptions contenant des titres fas-
tueux ou la valeur même de la monnaie.

Il y a encore le taël qui vaut 7,50 et
pèse 0,37 grammes, mais l'or est rare.
L'or et l'argent ne sont point monnayés
et circulent librement en lingots qui
sont reçus au poids.

— Pour me donner une idée de la
valeur de l'argent en Chine, dis-moi donc
ce que l'on pourrait acheter avec une de
ces sapèques ?

— Une tasse de thé; un verre d'eau-
de-vie.

— Oh ! il ne doit pas faire cher vivre
en Chine ! A propos, en quoi donc est ce
joli vase qui contient toutes ces baguettes
d'encens ?

— Regarde bien, petite, car tu n'en
verras pas beaucoup de semblables. Il
est fait d'un métal particulier à la Chine,
le *cuivre blanc* ou *pack foug,* qu'on obtient
au moyen d'un mélange d'arsenic, de
cuivre et de nikel.

— J'aurais cru que c'était de l'argent.

— Cela ne m'étonne pas à cause de son
grain serré. Les Chinois en font toutes
sortes d'ustensiles très propres et très
jolis, surtout des vases aux formes les

plus variées. Tiens! il y a là une boîte à thé du même métal; mais prends garde, ne l'ouvre pas; l'arôme s'en perdrait et c'est ce que la Chine produit de plus recherché, ou du moins je me trompe, car cela vient du Japon.

— Quelle différence y a-t-il avec l'autre, oncle Gaudérique?

— C'est ce que l'on nomme le *thé impérial*. Il ne diffère des autres que parce que sa culture est plus soignée; la récolte s'en fait, m'a-t-on dit, à Udri, petite ville du Japon avec le plus grand appareil; ceux qui doivent la faire, et ce sont généralement de jeunes enfants à qui cet honneur est réservé, ne mangent ni poissons, ni certaines viandes, se lavent deux fois par jour dans la rivière et dans un bain chaud et ne touchent aux feuilles qu'avec des gants. Ils ne doivent cueillir que celles qui paraissent à peine déployées au sommet des plus petits rameaux. Le plant est environné d'un vaste et profond fossé; les allées d'arbrisseaux sont balayées tous les jours; des commis veillent à la culture et à la récolte. Cette

sorte de thé est envoyée sous cachet et
avec une escorte à la cour impériale ; ce
que l'empereur a choisi est conservé
dans des vases de porcelaine ; et les principaux mandarins usent seuls après le
souverain de ce thé.

— Il y a quelque temps je fus indis-
posée, ma tante me fit monter du thé, et
il me semble bien qu'elle me dit quo
c'était du thé impérial.

— Non, fillette ; tu dois te tromper, il
n'y en a pas dans le commerce. Pense
donc ! On ne saurait en recueillir beaucoup, car l'arbre en meurt.

— Et l'autre ?

— Il est déjà assez précieux et il est
rare qu'il nous arrive dans sa pureté.
Les Chinois ont déjà bien imaginé de
s'en approprier le premier arôme.

— Quoi ! les coquins ! ils s'en servent ?

— Souvent ; ils en sont quittes pour le
faire sécher à nouveau.

— Qu'est-ce qui fait la différence du
thé noir et du thé vert ?

— C'est la manière de le sécher,
disent les uns ; l'âge de l'arbuste, le ter-

rain, le climat et le temps de la recolte,
disent les autres. Le mois de mars, lorsque le temps est sec, est celui où l'on
commence à cueillir les feuilles à mesure
qu'elles paraissent. A ce moment, mères,
enfants, servantes, tous quittent la
maison pour visiter les arbres à chaque
heure du jour. Nul ne regarde à s'ex-
poser à l'ardeur du soleil pour ce travail
qui prime tout le reste, et le soir l'on em-
porte dans des paniers la cueillette du
jour pour la faire sécher sur des plaques
de fer chaud, qui donnent le thé noir, ou
des plaques de cuivre qui donnent le thé
vert. Quand elles sont parvenues à une
parfaite siccité on les met, soit dans des
bouteilles bien bouchées, soit dans des
boîtes d'étain recouvertes de sapin, en
sorte que l'air humide n'y puisse péné-
trer.

— Que de précautions?

— Ce n'est pas la seule plante qui
reçoive des soins aussi minutieux. Il en
est une autre, le genseng que les Chinois
appellent emphatiquement *recette d'im-
mortalité,* et dont la récolte est d'un im-

mense revenu à l'empereur, qui seul en
fait le commerce.

— Et pourquoi?

— Justement à cause de son produit,
qu'il se réserve. C'est ce que l'on nomme
un monopole.

— Et après? oncle.

— Tu es comme les petits enfants qui
ne donnent pas le temps de parler. La
province où croît le genseng est com-
posée d'une longue suite de montagnes,
couvertes d'épaisses forêts, habitées par
des bêtes sauvages. Le genseng y croît à
l'ombre dans les endroits les plus touffus.
Toute cette province est séparée des autres par une palissade de pieux. Des
gardes veillent sans cesse pour que l'on
ne pénètre pas dans cette enceinte,
et celui qui y serait surpris perdrait la
liberté. Au temps de la récolte, dix mille
Tartares viennent avec des provisions
pour recueillir la précieuse racine; ils se
partagent le terrain sous divers éten-
dards; chaque troupe est de deux cents.
On se range sur une ligne, en laissant
une certaine distance de dix en dix, et

l'on parcourt ainsi tous ensemble, en
cherchant le genseng à travers les buis-
sons, les épines, pendant plusieurs jours,
sur un espace de terrain désigné. Cette
récolte dure six mois, depuis le commencement de l'automne jusqu'au printemps.
Les Tartares y éprouvent de rudes fati-
gues; ils couchent sur la terre et cou-
rent souvent risque de s'égarer ou d'être
dévorés dans ces horribles déserts. On
met en tas dans la terre toutes les racines
que l'on peut ramasser dans l'espace de
douze ou quinze jours. On les ratisse ensuite avec un couteau de bambou. On les
expose sur des vases à la vapeur d'eau
bouillante, dans laquelle on a mis du
millet jaune et du riz. Les racines déssé-
chées sont dures, paraissent comme rési-
neuses et demi-transparentes. On prétend
que leur principale propriété est toute
médicinale, bien que la plante soit servie
en ragoût sur la table des riches chinois :
elle se vend presque au poids de l'argent.

— Tu n'en as pas apporté?

—Non ; je n'ai pu m'en procurer; mais

si tu désires voir un fruit authentiquement chinois, ouvre cette cassette, tu y trouveras le *lit-chi.*

— Ce petit fruit sec comme un pruneau ? Et qu'en fait-on ?

— Goûte-le ; quoique désséché, tu te convaincras qu'il a un goût délicieux. Les Chinois en sont tellement friands qu'ils le font sécher pour en manger toute l'année ; ils en mêlent même dans le thé pour le rendre plus agréable encore.

— C'est bon, très bon même, et je ne croyais pas que la Chine pût fournir un fruit aussi savoureux.

— Ingrate ! Et qui donc t'a donné l'orange ! ce roi des fruits.

— J'ignorais, à ma honte, que l'oranger fut originaire de la Chine ; et qu'y trouve-t-on encore ?

— Le citron, la grenade et tous nos fruits excepté la cerise et la pomme qui ne viennent pas au Tonkin. Toutefois, on trouve des pommiers dans les environs de Pékin.

— C'est tout ?

— Comme fruits, non; il y a encore la noix de coco, le banane, la mangue qui est également fort savoureuse, et quelques autres dont le nom m'échappe.

— Et comme arbres?

— Les essences les plus diverses; on y remarque le bois de fer employé en menuiserie à cause de sa dureté que son nom indique. La cassette qui renferme mes lit-chis en est un spécimen, et, à ce propos, je crois que tu leur fais une cour fort assidue.

— Je crois bien; je m'en régale; mais voyons ce bois : Oh! comme il est rougeâtre !

— Et susceptible d'un beau pali. Les Chinois en font surtout des ancres pour leurs vaisseaux de guerre. Prends encore ce coffret et regarde.

— Oh ! les jolies bougies vertes! elles servent à brûler?

— Oui, allumes-en une.

— Comme elle brûle bien! Est-ce qu'elle est faite comme les autres?

— Non; car la couleur que tu leur vois est naturelle; tandis que les bougies roses

4

de ton bougeoir sont colorées à dessein.

— D'où cela vient-il?

— De ce que celles-ci sont faites avec les baies de l'arbre à cire.

— Encore une nouvelle connaissance!

— Oui, car cet arbre ne croît qu'en Chine et en Amérique. On en recueille les petites baies que l'on fait bouillir dans l'eau; mais c'est un travail de patience, car un kilogramme de ces baies donne à peine cent grammes de cire. Il y en a encore un autre du même genre, c'est l'arbre à suif.

— Et qu'en retire-t-on?

— Son nom l'indique, la substance qu'on extrait du fruit par expression sert à faire de la chandelle.

— Comment cela?

— Parce qu'il en sort une substance oléagineuse de la consistance du suif fondu, que l'on ne peut employer seule, mais qui, mêlée à une petite quantité d'huile, donne un produit assez avantageux.

— Il me semble que tu parlais à Charles d'un vernis ou d'un arbre...

— De l'arbre au vernis, tu veux dire cet arbre dont la sève est si corrosive, que sa vapeur seule occasionne de véritables petites plaies.

— C'est cela, je n'écoutais pas à ce moment-là, j'essayais d'arranger mes cheveux en aile de papillon, et, à propos, tu sais que je n'ai pas trop mal réussi. Bonne maman dit que nous y arriverons; mais je ne sais pourquoi, dès qu'il est question d'arbres ou de plantes, cela m'intéresse plus que tout le reste.

— La coiffure en aile de papillon excepté; interrompit malicieusement oncle Gaudérique.

—Oh! bien entendu: on ouvre toujours une paranthèse pour ces choses-là. Je te demandais donc, méchant oncle, comment on s'occupe de l'arbre...

— Au vernis? On en recueille la sève avec le plus grand soin et les ouvriers avant de travailler se frottent les mains et le visage avec une panne de porc trempée dans l'huile, mettent un masque, des gants, des bottines et un plastron de peau sur l'estomac. Ils vont faire des incisions aux arbres, appliquent dessous des coquilles de moule, dans lesquelles le vernis coule comme de la poix environ trois heures, après ils viennent le recueillir dans de petits sceaux de bois de bambou. Ce vernis est d'abord de couleur rousse, et devient ensuite d'un beau noir.

— Et il est employé pour la laque de Chine?

— Oui; c'est lui qui en fait, dit-on, l'incomparable supériorité. Il y a encore l'arbre à encens, et, dans un autre ordre d'idée, des plantes non moins curieuses. Le grass-cloth des Anglais, herbe qui s'élève à cinq pieds de haut, que l'on coupe toute verte chaque mois, et dont nos pratiques voisins tirent une toile d'été fort usitée dans les Indes, et en général tout le sud de l'Asie.

— Est-ce la même chose que le nankin?

— Non, ma chère; le nankin est le produit d'une autre herbe qui pousse sans culture dans les montagnes.

— Que c'est bizarre!

— Oui, comme la nature a bien fait les choses! fournissant, suivant les climats, ce qui est nécessaire aux hommes. En revanche, les Chinois qui cultivent le lin et le chanvre n'en savent point tirer de tissus et se contentent d'en extraire de l'huile.

— Et naturellement ils n'ont pas voulu apprendre?

— Apprendre de ceux qu'ils considèrent comme des barbares! Fi donc! Les Chinois se croient le premier peuple de l'univers, et, en conséquence, ils n'ont rien à gagner à la civilisation occidentale.

— Mais enfin, mon oncle, comment se peut-il que ceux qui ont goûté de notre bien-être, ceux de Canton, par exemple, n'en reconnaissent pas les douceurs?

— A vrai dire, ils les reconnaissent, ma chère, et leur indifférence est plus apparente que réelle. C'est le despotisme des chefs du gouvernement qui les retient dans cet état d'apathie. Comme les mandarins ont un pouvoir presque sans bornes et peuvent, très facilement faire disparaître un homme suspect de trop favoriser les idées étrangères, on y regarde à deux fois, avant de manifester sa pensée intime. C'est là, comme partout, affaire de calcul : maintenir le peuple dans l'ignorance pour le maintenir dans l'asservissement.

— Crois-tu qu'il y ait des gens réellement intelligents en Chine ?

— Je le crois bien ! Même indépendamment des *lettrés*.

— Qu'est-ce que les lettrés ?

— Il faut te dire, ma chère, que le peuple chinois se divise en quatre classes : Les lettrés ou la noblesse, les agriculteurs, les industriels et les commerçants ; et remarque l'ordre : Les lettrés, les agriculteurs.

— C'est vrai ; je n'y avais pas fait attention. Pourquoi donc ?

— Parce que l'agriculture comme l'instruction est particulièrement en honneur chez eux ; mais nous reparlerons de la première ; pour le moment je veux te donner quelques détails sur les lettrés ou savants. Mais d'abord, disons de suite qu'il n'y a pas de classes privilégiées ni de places héréditaires. Les Chinois sont presque tous égaux devant la loi, et susceptibles de parvenir aux honneurs et aux dignités. Les décrotteurs et les maîtres de maison de jeu en sont seuls exclus.

Luçonnette éclata de rire.

— En voilà une idée de placer les décrotteurs et les maîtres de maisons de jeu sur la même ligne!

— Tu as raison, ma chère, répondit l'oncle Gaudérique avec gravité; c'est réellement faire du tort à toute une classe de modestes, mais utiles travailleurs, que de les mettre en parallèle avec les coquins qui s'enrichissent en dupant et trompant les familles. Mais passons.

— Et revenons aux lettrés, dit la fillette, qui, assise sur la chaise longue, bassinait le front de son oncle avec de l'eau de Cologne; car, bien qu'il ne voulût pas en convenir, le pauvre Gaudérique était encore sous le coup de la violente migraine qu'il avait accablé toute la journée. Que font ces graves personnages?

— Graves, tu peux le dire, car c'est une partie de leur science que de savoir se composer un maintien aussi raide, aussi compassé que possible. Rien ne semble devoir les émouvoir; il leur faut du temps pour parler et pour écouter; ils ne disent pas en un mois autant de paroles que nous autres Français en une heure, et jamais ils n'accompagnent leurs expressions du moindre geste. En revanche, leur tenue est irréprochable; leur mise soignée et correcte. Les Chinois les appellent *liseurs de livres*, parce qu'ils cont censés passer leur vie à lire les ansiens classiques du pays.

— S'il y en a un si grand nombre, ce n'est pas étonnant!

— Oui, surtout si l'on compte le temps nécessaire pour apprendre à lire seulement.

— Ce qui m'étonne, c'est qu'il y ait seulement des gens qui prennent toute cette peine inutile, s'écria la petite fille en faisant une moue significative.

— Tu ne parlerais point ainsi, ma chère, si tu savais que les lettres sont, en Chine, le seul chemin des dignités et de la fortune.

— Oui, mais il doit falloir tant de peine !

— Sans compter que pour être de la classe des lettrés, il faut avoir subi trois examens publics.

— Oh ! les pauvres gens ! je les plains, s'écria notre Luçonnette, que les examens à passer avant de quitter la pension, maintenaient dans de véritables transes... Quand il lui arrivait d'y penser !...

— Mais aussi, ces bacheliers ont le monopole de l'enseignement ; seuls, ils peuvent devenir mandarins et porter sur leur drapeau le bouton d'or qui est le comble de leur ambition.

— Enfin, quand ils ont passé leurs trois examens, que savent-ils ?

— Un lettré pourra te citer par cœur tel passage des divers ouvrages consacrés, et même t'en donner l'explication d'après le commentaire officiel qu'il a également appris par cœur dans sa jeunesse. Mais adresse-lui une question qui sorte tant soit peu de sa routine ordidaire, il se trouvera plus ignorant, je ne 'dis pas que toi, fillette, qui me parais avoir admirablement profité des leçons de tes professeurs, mais qu'un petit campagnard de nos écoles.

— Se peut-il, oncle Gaudérique?

— Pour t'en donner une idée, il me suffira de te dire que les notions des Chinois sur la géographïe, se bornent à savoir que la terre est carrée!

— Oh! s'écria Luçonnette, en riant de plus belle; en effet, ils ont encore quelque chose à apprendre.

— Cela ne les empêche pas d'être extrêmement infatués de leur savoir; ils nous regardent de toute la hauteur de leur supériorité imaginaire, nous autres étrangers, qui avons la présomption de ne pas nous jeter à leurs pieds pour les supplier de nous enseigner. Il y a des mandarins qui seraient fort étonnés d'apprendre qu'il y a au-delà des mers, des pays plus étendus que leur empire,

et des hommes plus instruits que leurs
lettrés.

— Alors, ils ne connaissent pas nos
cartes ?

— Très peu. On raconte que la première fois qu'on leur fit voir sur une
Mappemonde l'Europe, l'Afrique et l'Amérique. Où donc est la Chine ? deman-
dèrent-ils. Au centre de l'Asie. Alors se
regardant avec une sorte de confusion :
Ce n'est pas possible ? dirent-ils, elle
serait bien petite.

En ce moment on entendit sur les
allées le pas rapide du petit cheval corse
de Charles, et celui-ci ne tarda pas à se
précipiter dans l'appartement avec l'im-
pétuosité d'un tourbillon.

VI

— Oncle Gaudérique, je suis sûr que
Luçonnette a abusé de toi, s'écriait Charles le lendemain matin. Elle t'aura fait
raconter tout ce que tu savais encore sur
la fleur du milieu, pour employer la poéti-
que métaphore de ces braves Chinos.

Aujourd'hui il serait juste que tu me répondîsses à cœur joie, à moi seul.

— Monsieur l'égoïste, s'écria l'oncle, je vous aurais cru plus avisé que de montrer ainsi vos défauts au grand jour.

— Ce n'est pas un si grand défaut que tu le crois; ma cousine t'a dit l'autre jour qu'elle ne tenait pas à assister à la séance de renseignements sur l'histoire et la géographie de la Chine, du Tonkin, de la Cochinchine et autres endroits que j'avais l'intention de solliciter de toi. Aussi, tu vois qu'au lieu de lui faire du tort, je vais au devant de ses vœux.

— S'il en est ainsi, mon cher garçon, je t'excuse; mais autrement je n'ai jamais compris qu'on ait plus de satisfaction à jouir tout seul d'un plaisir que de le partager avec un ami.

— Surtout quand cet ami en jouit comme ta cousine, remarqua Mme Dalsème qui était présente; car véritablement cette petite ne rêve plus que Chine et que Chinois. Vraiment, Gaudérique, elle boit tes paroles.

— Je l'ai remarqué, chère mère; elle

s'est étonnamment développée depuis
mon départ ; je la savais bien douée sous
le rapport du cœur ; mais je n'aurais pas
cru qu'elle fût aussi intelligente.

Pendant ce temps, Charles avait disposé sa chaise près du fauteuil de son
oncle, et le dévorait du regard, tant son
impatience était vive.

— Tu veux t'occuper d'histoire et de
géographie, et tu n'as pas même un atlas
sous les yeux ! remarqua son oncle en
souriant de l'ardeur de l'écolier. Va me
chercher une bonne carte, quand ce ne
serait, ajouta-t-il, que pour me rafraîchir
la mémoire. On se souvient bien des
scènes plus ou moins bizarres, plus ou
moins étranges qu'on a vues ou enten-
dues raconter ; mais, ma foi, quand il
s'agit d'un empire qui a, comme celui de
la Chine, cent trente-sept mille cinq
cents myriamètres carrés, et je ne sais
combien de provinces, on peut convenir
qu'on ne le connaît guère.

Charles était de retour

— Eh bien ! commençons ; dis-moi toi-même quelles sont les bornes de Tath-Sching-Koun.

— Il est borné au nord par la Sibérie, le Turkestan russe, depuis l'embouchure de l'Amour.

—Drôle de nom pour un fleuve! le long de son cours des monts de Daourie, de l'Altaï et de Ala-Tau, jusqu'au lac Yssihkoul.

— Fort bien, et jusque-là je n'ai pas grand chose à te dire d'autre que ce que les yeux t'enseignent.

— Alors passons à l'ouest. Nous trouvons la Tartarie indépendante à travers les monts Thian-Chan et Bolor. Au sud, par l'Himalaya vers le Cachemyr, l'Indoustan anglais, le Népaul, les empires de Birmanie, de Siam et d'Annam. Enfin, à l'est par le Grand-Océan...

— Sur lequel la Chine ne compte pas moins, si ma mémoire n'est pas infidèle, de quatre cent quatre-vingt-un myriamètres de côtes.

— Quatre mille huit cent dix kilomètres, ou plutôt douze cents lieues de côtes. C'est fabuleux !

— Cette immense étendue de terrain se subdivise naturellement, et la Chine proprement dite, n'est qu'une division politique de l'empire chinois; c'est elle que les fils du Ciel qualifient : d'*Empire du Milieu*. Elle se trouve au sud-est, et est bornée par la Mandchourie et la Mongolie au nord, la Dzoungarie, la petite Boukharie, les Mogols de Koukounoor et le Thibet à l'ouest. Le Birman, la Cochinchine et la mer de Chine au sud ; la mer Orientale et la mer jaune à l'est. Les îles Formose, Haïnan, l'archipel de Coré et les îles Lieou-Kieou en dépendent.

— C'est bien cela. Tu vois, oncle Gaudérique, que je marque au fur et à mesure.

— Bien. La Chine est le noyau et la partie la plus importante de l'empire chinois. Elle se divise en dix-huit provinces, dont les noms m'échappent. Tu feras bien de les chercher dans ta géographie. Vois-tu ces masses à l'ouest? ce sont les masses gigantesques du Yu-Ling, où des milliers de pics atteignent la région des neiges éternelles. De cette chaîne se détache vers l'est le Yu-Ling, entre le golfe du Tonkin et le Si-Kiang.

— Cette appellation de Kiang désigne les fleuves, il me semble, remarqua Charles.

— Oui, dans la partie méridionale, car si tu fais attention aux noms que tu trouves plus au nord, tu verras que l'appellation est en Ho, le Hong-Ho, le Pei-Ho.

— A ce propos, remarque combien la Chine est richement dotée sous le rapport de l'irrigation : fleuves et rivières y abondent, et les Chinois n'ont eu que le mérite de les relier entre eux de manière à pourvoir largement aux besoins de leur agriculture. Tous ces cours d'eau sont navigables presque dès leurs sources.

— Ce pays doit être très fertile?

— Evidemment. La Chine par l'abondance et la variété de ses produits, peut suffire seule à la consommation et aux besoins de ses habitants. Dans sa région méridionale, la terre produit jusqu'à deux récoltes de riz, et fournit des légumes et des plantes variées; mais peu de blé.

— Alors les Chinois ne mangent pas de pain ?

— Non; excepté dans les provinces septentrionales, et, encore, n'est-ce pas du pain à proprement parler, mais une galette sans levain, qui n'est bonne, m'a-t-on dit, que mangée chaude.

— Mais, mon oncle, qu'est-ce que le Tonkin par rapport à la Chine ?

— Une dépendance, simplement. Tu sais qu'il fait partie de la Cochinchine ou empire d'Annam, qui se divise ainsi : Le Tonkin ou Annam septentrional, la Cochinchine ou Annam méridional et le Cambodge.

— A propos de ce mot Cochinchine, pourrais-tu m'expliquer d'où il peut bien venir? demanda Charles. Il y a un temps immémorial que cette étymologie me taquine.

— J'ai été comme toi, mon cher, et c'est le capitaine du vaisseau à bord duquel j'ai fait la traversée, qui m'en a donné l'explication, d'ailleurs fort simple. Ce pays fut appelé ainsi par les Portugais qui lui trouvaient de la ressemblance avec le pays de Cochin.

— Cochin? où donc? Je ne connais pas.

— Ici, à gauche de l'Indoustan, dans une petite île près du cap Cormorin.

— Ah! m'y voilà.

— Ils le considéraient comme une dépendance de la Chine et en firent la Cochinchine.

— Je croyais que le Tonkin appartenait à la Chine et en faisait partie. Comment s'expliquer alors que ces deux peuples parlent la même langue et aient une civilisation et une religion identiques.

— Identique! non. Elles sont sensiblement différentes; mais la raison que tu cherches est bien simple : C'est que le Tonkin et la Cochinchine ont été originairement colonisés par les Chinois, et ont à diverses époques fait partie de leur empire. Ce n'est même que depuis 1802, que les deux royaumes ont eu une indépendance propre et des souverains résidant dans leurs capitales.

— Celle de la Cochinchine est Hué,

mais quel est le nom de celle du Tonkin?

— Kesko ou Bak-Kinh sur le Sang-Koï ou rivière du Tonkin, dont les inondations fertilisent le sol, dans le genre de celles du Nil.

— Et comment comprend-on la civilisation dans cette capitale?

— Fort modestement, car les maisons sont en bois ou en terre, couvertes en feuilles de palmier, en roseau ou en chaume. Mais il s'y faisait avant la guerre un commerce d'exportation considérable, en or, en soierie, en porcelaines et en ouvrages de laque.

— Quel malheur que ce soit un pays aussi malsain !

— Il n'est pas plus malsain qu'un autre, mon cher; au contraire, il a une bonne réputation sanitaire.

— Je l'en félicite ! Pour renvoyer les gens dans l'état où tu es revenu; absolument méconnaissable ! s'écria Charles avec une conviction et une indignation bien réelles.

— Ce n'est pas la faute du pays; c'est uniquement parce que les eaux ne sont point aménagées et dégagent des miasmes délétères. Il n'y a qu'à se rappeler l'exemple de Bouffarik, dont mon capitaine me parlait l'autre jour. On croyait que c'était le siége de fièvres plus malignes qu'ailleurs; trois fois la colonie avait été entièrement renouvelée, on était sur le point d'abandonner ce qui avait déjà été fait quand on eût l'idée d'aménager les eaux, c'est-à-dire de drainer les marécages et de les transformer en bons terrains solides et irrigables. C'est aujourd'hui un des centres les plus florissants de l'Algérie. Il en est de même au Tonkin. Nous autres Européens, nous arrivons dans des conditions défavorables, nous attrapons les fièvres et nous maudissons le pays. C'est un tort. Dans cinquante ans, nos petits-fils et nos arrière-neveux le béniront, parce qu'une génération intermédiaire aura pourvu à ce qui y manque.

— Enfin, qu'en penses-tu en dehors des fièvres ?

— On ne peut guère bien juger d'un pays ravagé par la guerre. Cependant

voici : le sol y est bas, plat et très fertile. Le climat est très chaud en été,
mais l'hiver est froid et brumeux. A
l'intérieur, la saison des pluies dure de
mai jusqu'en août, ce qui n'est pas agréable, car elles sont diluviennes. Vers le
littoral c'est bien moindre, mais on est
exposé à des ouragans et à des typhons
fréquents.

— Est-ce un pays riche?

— Oui; les mines seules, convenable-
ment exploitées, fourniraient des millions.
Il est telle mine d'argent qui en produit
sous la direction des indigènes, direction
qui laisse beaucoup à désirer, tu le conçois, plus de six mille kilogrammes par
an. On y trouve également des mines
d'or, de fer et d'étain; car le Tonkin par-
tage avec la Chine le privilége de n'être
redevable à personne des métaux dont il
a besoin. Il y en a une abondance remar-
quable, et si le luxe n'y était sévèrement
proscrit, on exploiterait sur une plus
grande échelle les riches gisements au-
rifères répandus à profusion dans ces
diverses provinces.

— Le pays doit offrir un coup d'œil tout à fait singulier? Aucune de ses productions ne se rapprochent des nôtres?

— Pas précisément; ainsi il y a de vastes forêts où l'on rencontre le tek, l'ébénier, le bois de rose, le bois d'aigle et le gommier-guttier; mais je les ai peu fréquentées; non point parce qu'elles sont habitées par l'éléphant, le tigre, le léopard, l'ours et le rhinocéros, ce qui n'eût été qu'un attrait de plus, mais parce qu'on ne nous permettait pas de nous écarter de peur de surprise. On y voit aussi beaucoup de cocotiers, d'aréquiers et de cannes à sucre; mais il y a peu de thé.

— Il me semble qu'on doit trouver des quantités considérables de mûriers dans ces pays producteurs de soie?

— Ta réflexion est fort juste, mon garçon. On en rencontre un grand nombre dont la vue vous touche comme celle d'un vieil ami, mais c'est plutôt dans les congés successifs que j'ai passés à Canton, que je me suis familiarisé avec la Chine et les Chinois. Au Tonkin, il n'y

avait que des ennemis à repousser; à
Canton il y avait tout un inconnu à ex-
plorer.

— Et tu ne t'en es pas fait faute, cher
oncle, car à propos de la Chine, tu es une
véritable encyclopédie vivante. Je me
demande comment tu as pu en apprendre
si long dans des conditions si défavorables.

— J'ai appris beaucoup en fréquentant
les missionnaires et les Européens établis
à Canton. Et surtout en prenant des
notes sténographiques dont j'ai plusieurs
carnets remplis. Si Luçonnette était là je
vous décrirais un peu l'aspect de la ville,
mais le faire sans elle, ce serait lui faire
de la peine, et j'aurais à recommencer.
Mieux vaut donc attendre son retour.

— D'autant plus que je ne sais pas encore la moitié de ce que je voudrais
savoir : tu ne m'as rien dit ni du gouvernement ni de l'histoire de la Chine.

— En fait d'histoire il ne faut pas m'en
demander très long, car je ne suis pas
ferré du tout, mais du tout.

— Oh ! si tu m'apprends seulement ce

que tu sais, je m'estimerai encore fort
savant.

— Tu ne seras pas difficile, en tout
cas. D'abord, en fait d'antiquité, il n'y a
pas de nation qui fasse remonter son
origine plus haut que ne le font les
Chinois. Et, bien que tout prouve en effet
que c'est un peuple civilisé depuis longtemps, il n'en est pas moins permis de
douter de leur véracité. S'il fallait en
croire quelques-uns de leurs livres, on
serait effrayé de cette antiquité. Les
missionnaires, qui avaient leurs raisons,
ont bien rabattu de leurs prétentions à
cet égard. Néanmoins ayant pris la peine
de vérifier les éclipses de soleil rappor-
tées par Confucius, ils ont acquis la certi-
tude que cette antiquité remonte au
moins à deux mille ans avant J.-C.

— On peut encore se contenter d'une
antiquité pareille !

— Assurément. Elle est contemporaine
de celles des Egyptiens. Cela nous reporte
au règne d'un certain Ya-O qui régnait,
paraît-il, près de 2400 ans avant l'ère
chrétienne. C'était sans doute un bon roi,

car sa mémoire est encore bénie, et, trait qui a eu peu d'imitateurs, il eût le courage de préférer pour successeur un honnête homme à son propre fils.

— On peut conserver pendant 4000 ans la mémoire d'un pareil roi, car ils sont rares ! s'écria Charles.

— C'est ici que je m'embrouille : Si je ne me trompe, vingt-deux dynasties ou familles différentes ont successivement occupé le trône. Il existe une rivalité sourde entre les Tartares et les Chinois. Quand ceux-ci sont au pouvoir, ils oppriment les Mantchoux et *vice versa*. Vers 1644 les Chinois ayant usé et abusé des prérogatives que leur avait données la dynastie des Ming pour maltraiter les Tartares, ceux-ci se soulevèrent, secouèrent le joug, et résolurent de tirér vengeance des humiliations dont on les avait abreuvés. Un des leurs, Tayt-Sou, monta sur le trône, et devint le chef de la dynastie actuelle. Mais il ne faudrait pas croire que ces fils du ciel règnent dans une tranquillité absolue; on a toujours à compter avec quelque insurrection nais-

sante; ainsi, de 1853 à 1864 y a-t-il eu
une révolte partielle qui a coûté la vie à
des centaines de milliers de Chinois, et
s'est terminée sans avoir plus de suite,
grâce peut-être à l'entremise des Anglais
sous les ordres du capitaine Gordon.
Mais que fais-tu donc, Charles?

— Ne le vois-tu pas, mon oncle, je
prends des notes comme toi. Figure-toi
que je vais être mis à contribution tout
comme nous t'y mettons, et que pendant
au moins huit jours, grâce à toi, je vais
jouir aux récréations de la popularité la
plus flatteuse.

— Enchanté, mon ami, de te faire
faire la connaissance de cette belle capricieuse, d'autant mieux que je vois que tu
ne fondes pas même des espérances trop
illusoires sur sa durée.

— Le seul moyen de la prolonger
serait de beaucoup apprendre, reprit
Charles; tant que je flatterai la curiosité
de mes camarades, ils viendront à moi.

— Image de ce que nous garde la vie,
dont le collége n'est du reste qu'un
spécimen examiné par le pet t bout de la

lorgnette. Mais j'avoue que j'aimerais
autant te voir apprendre pour la satisfaction d'apprendre, mon ami ; il me semble
que tu en tirerais plus de plaisir et de
profit. Tu m'as l'air de n'aimer à savoir
que pour parader et briller.

Charles rougit. C'était, en effet, un peu
son défaut qu'il venait de trahir sans s'en
douter.

— L'amour de connaître est pourtant
bien légitime, oncle Gaudérique, dit-il.

— Oui ; mais à la condition que ce soit
dans un but désintéressé et utile et pour
se développer soi-même, autrement ce
n'est qu'une vaine curiosité. Prends-y
garde ; il y a là un péril. Mais nous avons
encore à parler du gouvernement de la
Chine : c'est une monarchie absolue,
héréditaire dans la ligne masculine, mais
sans ordre déterminé. Le prince, fils du
ciel, réside ordinairement à Pékin, et
pendant les fortes chaleurs de l'été à
Dja-Hol. Il a pour conseil le collége des
Tsayès-Siangs, vieux mandarins nommés
par lui. Tandis que notre conseil des
ministres est divisé en neuf ministères,

celui de la Chine l'est en dix : maison de
l'empereur, cabinet, intérieur, finances,
culte, guerre, justice, travaux publics,
extérieur et censure.

— Ce sont presque les mêmes dénomi-
nations que chez nous, s'écria Charles
qui s'était amusé à relever les noms de
nos divers ministères.

— Sauf que la marine étant presque
insignifiante, ne figure pas dans la nomen-
clature. Les onze provinces de l'empire
sont réparties entre cinq Tsong-Thou ou
gouverneurs généraux; ce qui n'empêche
pas que chaque province jouit encore
d'un Tsong-Houan, ou gouverneur-géné-
ral en second, qui l'exploite le mieux
possible. Les villes de premier ordre
dont chacune a plusieurs villes de second
ordre sous sa juridiction, sont en outre
sous la coupe d'un nouveau fonctionnaire
d'un grade inférieur. Les villes de
troisième ordre ont un mandarin pur et
simple. Les bourgs ont un Tséthang; les
villages ou *Pao* ont un yo, qui correspond
à notre maire. Ces fonctionnaires, tous
amovibles, sont là pour rendre la jus-

tice, et, à cette fin, élus et rétribués par l'empereur, à l'exception du yo. Aussi, dans nul pays la justice ne devrait être mieux faite. Sous la porte de l'auvent du yamen ou yamoun de chaque mandarin se trouve installé, bien en vue, *le tambour des plaintes*, qui raisonne fréquemment à ce que je me suis laissé dire. Malheureusement en Asie, plus encore qu'en Europe, la justice est boîteuse ; le mandarin mal payé est facilement suborné et s'il a bien du magistrat le nom, il n'en a assurément pas l'intégrité.

— D'où vient donc ce nom de mandarin ?

— Ce sont, paraît-il, des Portugais qui ont traduit le titre chinois *quouan,* que prend quiconque est employé au service de l'empire et qui veut dire *préposé,* en *mandarin* qui signifie commandant, et tous les Européens ont accepté ce dernier.

— Mais en parlant des provinces tu m'as laissé entendre qu'il y avait des grades divers parmi ces dignes mandarins.

— Il y en a neuf, mon cher; et ils sont si parfaitement subordonnés les uns aux autres, que rien n'est comparable au respect et à la soumission des inférieurs pour ceux qui sont au-dessus d'eux.

— A tel point qu'un mandarin d'un ordre plus élevé, n'a qu'à envoyer son sabre à un subalterne, pour que celui-ci s'ouvre le ventre sans murmurer, ajouta Charles en riant.

— Oui; ce sont des choses qui se disent, mais il me faudrait les voir pour les croire. Je soupçonne fortement qu'il ne se résout pas à cette extrémité; sans avoir essayé de l'influence de ses amis, doublée de celle de quelque riche présent. Mais je m'oublie, et toi-même tu ne me rappelles pas que j'ai rendez-vous à trois heures avec le fourrier Mainviel, qui repart demain.

Et le jeune officier s'éloigna précipitamment.

VII

— Oui, ma chère, disait Charles à Luçonnette, qu'il était allé chercher chez l'amie où elle avait passé la journée, mon oncle est véritablement un puits de science. Je m'étais figuré qu'il en savait beaucoup ; mais jamais autant qu'il nous en a déjà appris.

— Oh ! c'est mal, répondit la fillette, d'avoir profité de mon absence pour dire tant de choses intéressantes.

— Tu n'y tenais pas...

— C'est une façon de parler. L'autre jour que j'avais envie de me faire expliquer une partie des choses qu'il nous a apportées, il me semblait que cela me charmerait médiocrement ; mais je t'assure que j'ai un regret infini de m'être absentée, quoique Madeleine soit vraiment bien gentille. Quel malheur qu'elle se soit foulée le pied ! c'est elle qui eût passé de bonnes heures à écouter parler de la Chine ! Elle ne se lassait pas de m'interroger et j'ai été bien contente d'avoir cet inépuisable sujet pour la distraire. Mais qu'as-tu, Charles, tu n'as pas l'air de m'écouter?

Charles écoutait sa cousine, mais il se disait que suivant oncle Gaudérique, la petite fille avait mieux compris la valeur et l'utilité du vrai savoir, et la leçon du matin se retraçait de nouveau à sa mémoire.

Tout à coup Luçonnette, s'écria :

— Fais-moi donc penser, cousin, à demander s'il est vrai, comme Madeleine l'a lu dans un livre, que les Chinois vivent avec leur cercueil.

— Je l'ai entendu dire aussi, s'écria le lycéen, mais assurément Gaudérique nous fixera mieux que personne à cet égard.

— Ce serait pire que les trappistes creusant leurs fosses avec le fameux : frères il faut mourir !

L'occasion d'éclairer cette importante question ne se présenta pas le soir même; il fallut la remettre au lendemain; mais elle préoccupait si fort notre fillette qu'elle en rêva, et se crut emportée dans l'espace dans une bière en forme de barque où il lui avait poussé des ailes ! Aussi n'eût-elle garde d'oublier de demander le renseignement.

— Mais certainement, lui répondit l'officier. Un homme qui a passé la quarantaine serait inexcusable s'il ne prenait la précaution de s'assurer un cercueil. La prévoyance des Chinois va même si loin sur cet article, que beaucoup se privent des choses les plus nécessaires pendant la vie, pour se donner une bière qui leur fasse honneur après leur mort.

— Et qu'entendent-ils par une bière qui leur fasse honneur?

— En Chine, ma chère, c'est un objet de luxe : on la veut de bois précieux, embellie de sculptures et d'ornements dorés. On m'a parlé d'un riche monsieur Liang, qui y avait mis six mille francs, et comme la valeur de l'argent en Chine est au moins quintuple de celle qu'il a chez nous, tu vois où cela mène.

— Quelle inexplicable fantaisie!

— Ce n'est point une fantaisie : c'est
un besoin qui se rattache sans doute au
culte des ancêtres. C'est très bien reçu
de l'offrir en cadeau, et, en tout cas,
on l'achète d'avance, afin d'être sûr de
l'avoir et de la montrer à ses amis. Cela
tranquillise l'esprit et satisfait la vanité.

— Je conçois encore qu'on l'achète,
remarqua Charles; mais qu'on vous en
fasse présent, cela me paraît plus fort.

— Une des plus grandes joies que les
enfants puissent procurer à leurs parents
âgés c'est, à l'occasion par exemple du
soixantième anniversaire de leur naissance, de leur offrir en cadeau le cercueil qui devra un jour recevoir leurs
restes mortels. Ce meuble est alors placé
dans un endroit très apparent de la
maison, afin que sa vue soit toujours un
sujet de satisfaction et de consolation
pour la personne à laquelle il est destiné.
Un missionnaire, M. Ch. Pitou dont je
t'ai déjà parlé, m'a raconté lui-même le
fait suivant :

— Un des membres d'une famille de sa
connaissance, fut atteint de la lèpre, il y

a quelques années ; ses parents, mus par
une crainte exagérée de la contagion,
résolurent de se défaire de lui en l'enter-
rant vif. Afin d'obtenir plus facilement
son consentement, on acheta un beau
cercueil qu'on eût soin de lui montrer
pour le consoler de son sort. Le malheureux n'essaya pas la moindre résistance.
Il se coucha de lui-même dans ce cercueil qui satisfaisait son ambition, et
aussitôt on procéda à l'enterrement avec
les mêmes cérémonies que s'il eût été
mort.

— Vrai plaisir de roi ! s'écria Charles
en pensant à Charles Quint.

Luçonnette était pâle d'émotion et
d'indignation. Le jeune officier chercha
aussitôt à la distraire de cette impression
pénible :

— Je dois te dire que ce cas est une
exception, mais il faut que je te parle des
cérémonies funèbres, et malgré l'expression consacrée de *funèbre*, je suis sûr
que si vous y assistiez, ni toi ni ton
cousin ne résisteriez au fou rire. Toujours grâce à la même entremise, j'étais

présent aux funérailles d'un Chinois d'assez bonne compagnie; il est vrai qu'il faut que je te donne quelques détails sur ce qui se passe avant le moment suprême. Quand le médecin a dit qu'il est bien mal, malheur à celui qui n'a pas eu la précaution de se procurer un cercueil; il faut réparer cette négligence et vite on mande le menuisier qui s'installe dans la chambre à côté et se met à scier et à raboter.

— Pauvre diable !

— Pas si à plaindre que cela ! Loin de se sentir incommodé de ce bruit, le malade n'y puise au contraire qu'un sujet de joie et un motif de tranquillité pour son cœur. Mais son état ayant empiré, on s'aperçoit qu'il faut presser les derniers préparatifs pour l'enterrement. On achète en toute hâte une pièce de grossière étoffe de chanvre et une autre de coton blanc. On appelle un ou plusieurs ouvriers, qui procèdent immédiatement à la taille et à la confection des habits de deuil. Le malade est couché dans une chambre attenante et entend chaque mot de la discussion qui a lieu sur le nombre probable des personnes qui viendront lui rendre les derniers honneurs, sur celui des habits de deuil qui seront nécessaires, sur le repas funèbre qu'il faudra préparer, sur la quantité de porc, de riz, de légumes, d'eau-de-vie qu'on y consommera.

— Sur ces entrefaites le moment suprême approche pour le moribond : dès qu'on s'en aperçoit on se hâte de le transporter hors de sa chambre, et de l'étendre sur une couche de paille préparée d'avance dans la pièce centrale de la maison. Si l'on ne prenait pas cette précaution, la chambre dans laquelle il mourrait serait hantée par son esprit; personne n'oserait plus y passer la nuit ni dormir dans le lit dans lequel il aurait expiré.

— Jusqu'ici tout le monde a eu un air affairé, chacun ayant sa part d'occupation dans les préparatifs ; soudain, quand on s'aperçoit que le moribond a rendu le dernier soupir, la scène change comme par enchantement. Toute la famille éclate

en un concert de clameurs et de hurle
ments. Les rôles à jouer dans cette
lamentation funèbre sont, du reste,
minutieusement prescrits par l'étiquette,
et chacun s'efforce de s'y conformer
aussi exactement que possible. L'épouse
du défunt est assise dans un coin, san-
glotant et par intervalles se frappant les
genoux du plat de ses mains. Le frère
aîné s'applique à prendre un air aussi
triste que possible, mais de temps en
temps seulement il essuie une larme
solitaire. Les frères cadets peuvent laisser un plus libre cours à leur douleur! ils éclatent parfois en sanglots,
mais ils s'efforcent de les étouffer immédiatement. Quant aux enfants et aux
petits-enfants du défunt, il est de toute
rigueur qu'ils donnent essor à leur chagrin sans aucune retenue; ils hurlent et
se débattent comme des forcenés, et l'on
serait presque tenté de croire à cette
douleur théâtrale.

— Mais si l'on veut se convaincre du
contraire, on n'a qu'à les observer lorsque le signal d'un repas est donné; à

peine entend-on crier : *le dîner* ou *le souper est prêt !* que les pleurs sont interrompus, que les larmes sèchent, mais pour recommencer de plus belle après qu'on se sera fortifié par une abondante nourriture.

— Lorsque j'arrivai, les prêtres bouddhiques venaient d'être introduits, et commençaient à chanter de leur voix monotone.

— Les bonzes? demanda Charles.

— Oui; car si un père ou une mère viennent à mourir, les enfants se hâtent d'appeler un certain nombre de prêtres pour expier les péchés du défunt, et lui procurer un plus rapide passage à travers le lieu des tourments. On les engage, selon les besoins de la famille, soit pour un jour et une nuit, soit pour deux jours et trois nuits, soit pour sept jours et huit nuits. Pendant tout ce temps ils débitent des prières inintelligibles, car elles sont en sanscrit. Ils les chantent sur un ton nazillard, en s'accompagnant du son des tambours, des cymbales et autres instruments de musique. Quand le temps convenu pour la célébration de ces cérémonies est écoulé, les prêtres empochent leurs honoraires, emportent leurs images de Bouddha avec leurs livres lithurgiques et s'en retournent dans leur couvent, tandis que la famille procède à l'inhumation du défunt avec la conviction d'avoir fait son possible pour abréger ses souffrances dans l'autre monde.

— Comment! il y a un purgatoire en Chine? Et sur quelles bases l'établissent-ils?

— Fort simplement : L'âme de l'homme après s'être dépouillée de son enveloppe matérielle, est transportée dans l'autre monde et comparaît devant le tribunal d'un juge. Celui-ci ouvre le livre où se trouvent inscrites les actions du défunt; il additionne les bonnes et les mauvaises, établit la balance et prononce la sentence selon que les unes ou les autres l'emportent. S'il y a excédent de bonnes actions, l'âme reparaîtra sur cette terre dans une position sociale plus élevée que celle qu'elle a occupée dans sa vie précédente. La femme pourra ainsi renaître homme, le journalier, mandarin, etc.

— Mais s'il y a excédent de mauvaises actions?

— L'homme, après avoir préalablement subi d'horribles tourments dont la durée se réglera d'après la grandeur de ses péchés, devra renaître femme; la femme prendra la forme d'un animal, etc.

— Et puis, oncle, qu'est-ce que tu as vu? car j'aime bien mieux les choses dont tu as été le témoin que les autres.

— L'heure propice fixée par le devin pour l'enterrement étant arrivée, le cercueil fut placé devant la grande porte d'entrée de la maison mortuaire. Les enfants du défunt, vêtus d'une grossière étoffe de chanvre et nu-pieds, se placèrent autour du cercueil, devant lequel se trouvaient rangés une tablette portant le nom du mort, des cierges allumés et divers objets servant aux sacrifices. Au commandement d'un maître des cérémonies, les fils s'agenouillèrent, se relevèrent, s'agenouillèrent de nouveau en frappant la terre de leur front, et continuèrent ainsi pendant assez longtemps.

— Enfin le cortège put se mettre en marche. Il était ouvert par un homme muni d'un paquet de papiers, de forme ronde ou carrée, qui est censé représenter de l'argent. Tout en marchant, il en jeta à droite et à gauche de la route pour apaiser les mauvais esprits, qui, sans cela, seraient sans doute portés à tourmenter l'âme du défunt. Après lui venaient quelques musiciens, arrachant à leurs primitifs instruments des sons propres à écorcher les oreilles; puis, derrière eux, le cercueil porté par huit hommes et suivi par les fils du mort. Ils avaient l'air de se trouver dans un état de complète prostration, et semblaient ne pouvoir marcher qu'à l'aide de deux hommes qui les soutenaient. L'aîné avait cependant assez de force pour porter de ces deux mains la tablette contenant le nom du défunt. Ensuite, les parents d'un degré plus éloigné, en vêtements de toile de coton blanche, et enfin les amis et les voisins, simplement coiffés de bonnets faits de la même étoffe.

— Arrivés à la tombe, les fils accom-

plirent de nouveau une longue série de
génuflexions et de prosternements. Un
assistant brûla quelques pétards ; puis on
retourna à la maison mortuaire, où tous
les parents et amis se réunirent pour un
bon repas avant de se séparer. Quant à
la tablette, elle fut rapportée en grande
cérémonie par le fils aîné et placée dans
la salle des ancêtres, pour recevoir à
l'avenir, avec celles qui l'y avaient pré-
cédée, des honneurs presque divins.

— Mais ce n'est pas tout. Le culte des
ancêtres a d'autres manifestations : Au
bout de cinq ans environ, quand on suppose que les corps ne doivent plus présenter que des ossements, on ouvre la tombe,
on les recueille avec soin, et dès ce
moment ils prennent le nom générique
d'OR. On les place religieusement dans
un grand vase en terre cuite, appelé le
pot d'or ; puis on le ferme hermétique-
ment pour en préserver le contenu de
l'humidité et des attaques des insectes.
Ici commence une nouvelle difficulté ; il
s'agit de trouver un endroit propice pour
enterrer de nouveau ces restes humains,

ce qui est une chose capitale, car le sort
de la famille du mort en dépend.

— En quoi donc?

— Si l'endroit est favorable, le défunt
jouira dans l'autre vie du plus grand
bien être, et pourra exercer une protec-
tion d'autant plus efficace sur sa posté-
rité. Sa famille se verra alors comblée
d'honneur et de richesses et jouira alors
des cinq félicités qui font le comble de
l'ambition des Chinois.

— Et elles sont?

— Une épouse, des richesses, des fils,
un emploi lucratif et une longue vie.

— Et si l'endroit était défavorable?

— Ce serait tout le contraire. Le défunt se trouvant dans le malaise ne pourrait exercer son influence protectrice
sur ses descendants, en sorte que la
famille ne manquerait pas de dégénérer
et de s'éteindre, ce qui est considéré en
Chine comme la plus grande des cala-
mités.

— Par quel moyen prévient-on une
pareille infortune?

— Par la recherche d'un emplacement

propice et définitif pour contenir le *pot d'or*. Cette recherche si importante a donné naissance à une science spéciale, la *Géomancie*, qui, ainsi que toutes ses sœurs en *mancie*, nécromancie, cartomancie, etc., sert de refuge aux plus effrontés coquins qui existent.

— Et comment cela se pratique-t-il?

— D'abord, comme bien vous le pensez, on convient des honoraires, la question la plus intéressante entre toutes pour le géomancien, puis armé d'une petite boussole (la boussole ne sert que dans cette intéressante occupation), il parcourt d'un air inspiré les collines environnantes, en se donnant la mine d'un homme qui prend une peine infinie. Cela dure des jours et des semaines pendant lesquels notre homme vit *aux dépens de ceux qui l'écoutent*.

— Enfin, quand il pense que cela a assez duré, il annonce qu'il a réussi et que, grâce à ses soins, la famille va augmenter d'une foule de descendants mâles, dont la plupart auront des succès véritables aux examens publics.

— Songer à mettre en doute de si heureux pronostics, est une idée qui ne saurait germer dans un cerveau chinois, et,
naturellement on procède à l'enterrement du pot d'or avec force rites mimi-
ques et cérémonies ridicules.

— Et si les prédictions du Géomancien
ne s'accomplissent pas ?

— Ce qui doit arriver fréquemment !

— En effet; hé bien! l'on recommence,
aussi le digne homme ne séjourne-t-il
jamais bien longtemps dans le même
pays. On appelle un nouveau géomancien
qui déclare que le précédent n'y enten-
dait rien et que si on l'avait consulté...
Enfin, il console la famille... le mal est
réparable. On déterre le *pot d'or*, on
choisit un nouvel emplacement et l'on
attend. On m'a cité nombre de familles
entièrement ruinées par les géomanciens
dont les pots d'or transportés deçà et
delà, sont placés en file dans un local
provisoire, attendant qu'on ait réuni les
fonds nécessaires pour de nouveaux
essais.

— Pauvres gens!

— Ils sont à plaindre d'être tellement superstitieux! Autrement ce culte des ancêtres, qui est le fondement de leur religion actuelle, est la raison d'être de 'eurs plus grandes fêtes.

— Mais est-ce vraiment un culte?

— Juges-en : La famille entière va se ranger en file vis-à-vis de la tombe; au commandement du maître des cérémonies, tous s'agenouillent, se relèvent, s'agenouillent de nouveau et se prosternent en frappant la terre de leurs fronts. A intervalles réglés, un des assistants brûle des pétards et pour terminer on allume un immense tas de papiers façonnés en forme d'habits, de chapeaux, de bottes, de maisons, de palanquins, de lingots d'or et d'argent, en un mot tout ce dont les vivants *ont besoin ici bas.*

— Pourquoi? demanda Luçonnette, en ouvrant de grands yeux.

— Parce que les Chinois croient que tous ces papiers, une fois brûlés, se transforment dans l'autre monde en les objets mêmes qu'ils représentent, pour servir aux mânes dans leur nouveau séjour.

— Et les pauvres diables ont donc encore des besoins matériels?

— A ce qu'il paraît, et tout aussi pressants! Faute d'y avoir pourvu, les mânes des ancêtres seraient obligés de revenir eux-mêmes, comme de véritables affamés, chercher de quoi apaiser leur faim ou couvrir leur corps.

— Ah! cela m'explique pourquoi les Chinois attachent tant d'importance à ne pas laisser éteindre leurs familles.

— Et après avoir tant parlé de morts, si tu nous parlais un peu des vivants, cher oncle? demanda Luçonnette. As-tu assisté à un mariage?

— Non, et pour la bonne raison que les quelques Chinois que j'ai connus de près étaient tous mariés, vu qu'on se marie jeune dans cet étrange empire du Milieu. Cependant je pourrai te communiquer sur ce sujet, si intéressant pour une Française de quelque âge qu'elle soit, les renseignements que j'ai eus par ouï dire. Lorsqu'une Chinoise se marie, elle n'apporte pas de dot, elle est véritablement achetée par son mari ou la

famille de celui-ci, et sa valeur varie
depuis cinq francs jusqu'à quinze cents,
suivant qu'on l'achète au berceau ou à
dix-huit ans, limite extrême où se retarde
le mariage.

— J'avais entendu dire qu'on tuait les
filles, remarqua Charles !

— Beaucoup moins qu'autrefois, mais
encore trop souvent, hélas ! à ce que j'ai
appris par les récits des missionnaires.

— Mais enfin, comment se marie-t-on ?

— La fiancée est présentée aux parents
du mari. Si le mariage leur agrée, on en-
voie des cadeaux à la famille de la jeune
fille, présents au nombre desquels figu-
rent jusqu'à trente paires de chaussures !

— Singulier trousseau, exclama Luçonnette en riant.

— Je ne puis te répéter que ce que l'on
m'a dit : De ce moment la jeune fille perd
le manger et le boire; le chagrin de quitter
le toit paternel est censé la dévorer. Ses
amies et elle déplorent chaque soir la
cruauté du destin qui l'arrache à un sort
si doux pour la donner à un mari. La
chaise à porteurs qui doit l'emmener est

annoncée ; elle y monte parée et voilée ;
elle supplie les porteurs de consentir à
rebrousser chemin ; mais ceux-ci, habitués à ces sortes de frimes, continuent
d'un pas lent et mesuré. Enfin, on arrive;
le chef des porteurs remet à l'épou x la
clef de la chaise ; il en ouvre la porte ;
si la jeune beauté qu'il aperçoit dans l'intérieur lui agrée, il lui tend la main, si-
non il referme brusquement la porte.

— Et que devient la fille ?

— Elle retourne chez ses parents qui
la reprennent et gardent les cadeaux.

— Bonne spéculation pour eux, si la
fille est laide, dit Charles en riant ; quand
elle a manqué cinq ou six mariages, elle
peut monter un magasin de chaussures!

— Et dans le cas où la mariée lui agrée
que fait l'époux ? demanda Luçonnette,
que ce sujet paraissait intéresser.

— Il aide la jeune fille à descendre et
la conduit dans l'appartement qui lui est
réservé et tous deux saluent quatre fois
le ciel. Après quoi, il se dirige avec elle
vers le repas nuptial, avant lequel toutefois, l'épousée fait quatre génuflexions à

son mari qui, en retour, ne lui en fait que deux. Ils font une libation avec quelques gouttes de vin, puis les amis de l'époux lui apportent deux coupes pleines, en lui souhaitant dix mille années de bonheur parfait; chacun des nouveaux mariés vide à demi la sienne, puis le mari mêle dans sa coupe ce qui reste de celle de l'épouse, et ils boivent l'un et l'autre ce reste. C'en est fait, la cérémouie est terminée. Il n'y a plus qu'à conduire le nouveau membre ajouté à la famille du mari dans la salle des ancêtres pour faire connaître à ceux-ci l'addition faite au nombre de leurs adorateurs.

— Oh! merci, mon oncle, tu nous as bien amusés, s'écria Luçonnette en sautant de joie. Je crois que si nous n'étions pas obligés de partir après-demain, tu trouverais le moyen de nous intéresser pendant un mois encore.

Le jeune oncle sourit en l'embrassant, enchanté d'avoir causé tant de plaisir à une si gentille fillette.

VIII

— Tu nous a dit que tu étais allé à Canton, oncle Gaudérique ; mais tu ne nous as pas décrit cette ville.

— Les villes chinoises sont-elles ce qu'on peut appeler de grandes villes ? demanda Charles.

— Juges-en, mon garçon ; les bourgs comptent jusqu'à 200,000 habitants. Il n'y a pas de pays au monde où les agglomérations soient aussi considérables. Canton a une population de plus d'un million d'habitants, sans compter ce que l'on peut, à plus juste titre qu'en France, appeler la population flottante, puisque elle est installée dans les cabanes qui flottent par milliers sur des radeaux entre les rives du Tchou-Kiang ou rivière des Perles. La ville défendue par une muraille peu redoutable est divisée en deux parties : La ville chinoise et la ville Mantchoue, sans compter ce que nous pourrions appeler la ville européenne ; c'est-à-dire la partie réservée en-dehors des murs, aux riches comptoirs des An-

glais, des Américains, des Français. Là,
se retrouve le luxe des fils d'Albion. Ils y
ont transporté leurs somptueux palais à
girandoles de l'Inde et le confort qui les
suit partout

On a remarqué que la plupart des
villes de la Chine ont une grande ressemblance entre elles, et comme je regret-
tais de n'en avoir vu qu'une, on m'a
affirmé que cela suffisait pour se faire
une idée générale des autres. La forme
en est carrée, du moins autant que le
terrain le comporte. Deux grandes rues
qui se croisent, coupent ordinairement
une ville du midi au nord, et de l'est à
l'ouest. Le centre forme une place d'où
l'on aperçoit les quatre portes. Chaque
portion du carré est encore coupée par de
longues rues; les unes fort larges, d'autres
plus étroites, bordées de maisons qui n'ont
que le rez-de-chaussée, ou tout au plus
un étage. Un fossé, un rempart, une
forte muraille et des tours forment l'enceinte des villes chinoises, de celles même
qu'on appelle : villes de guerre. Dans
l'intérieur, l'œil rencontre d'autres tours

fort hautes, et qui le paraissent encore davantage par le peu d'élévation des maisons. Dans les rues on trouve des arcs-de-triomphe, des temples assez beaux, des monuments en l'honneur des grands hommes de la nation, et des édifices publics, plus remarquables par leur étendue que par leur magnificence.

A Canton, qui est pourtant une cité opulente, les rues sont étroites, ce qui n'empêche pas que l'on voit étalés dans les magasins les plus riches productions du pays et les plus beaux échantillons de l'industrie chinoise. On y admire des porcelaines superbes, aussi variées de formes que de couleurs, des meubles en bois sculptés et richement incrustés, des broderies de soie dont je vous ai rapporté les étonnants spécimens, et ces ornements en ivoire dont vous avez tant admiré la délicatesse. A l'entrée de chaque rue et de chaque magasin, grand ou petit, on aperçoit une niche devant laquelle brûlent de minces baguettes d'encens, ou bien des bougies aux vives couleurs. C'est là que réside le génie tutélaire auquel est confiée la garde de la rue ou du magasin. C'est généralement un magot de pierre, quelquefois une simple inscription sur papier rouge. De plus dans chaque magasin, vis-à-vis de l'entrée, à l'endroit le plus apparent, s'étale un immense caractère chinois qui se détache sur un flamboyant papier rouge. Ce caractère signifie Dieu, le Dieu des richesses, celui auquel on rend un culte matin et soir avec force révérences, bougies et encens pour obtenir sa faveur et un grand nombre de clients, sans compter que le jour du dimanche chinois, c'est-à-dire le jour de nouvelle ou pleine lune, on lui offre une tasse de thé en sacrifice.

Devant chaque porte est exposé, en forme d'enseigne, un écriteau de bois, enluminé et enchâssé proprement dans une bordure, sur lequel sont marquées en gros caractères, les différentes sortes de marchandises dont ces boutiques sont pourvues. Au-dessous se trouve le nom du marchand, souvent accompagné de ces mots : *Puhu, il ne vous trompera pas*, ce qui ne l'empêche pas de vendre le plus cher possible.

— Et les maisons, oncle, comment
sont-elles ?

— Elles sont assez mal bâties et sans
grande apparence, à l'exception du
yamen des mandarins qui sont des sortes
de palais comprenant parcs, jardins et
dépendances pour un fort nombreux per-
sonnel. Ce qui suffirait à rappeler que
l'on est en Orient, c'est l'usage de ne
point mettre de fenêtres sur la rue, afin
de ne pas se donner en spectacle.

— Et l'empereur, mon oncle, a-t-il un
beau palais ?

— Un palais ! dis donc une ville entière
à sa disposition, dont, au reste, il ne
franchit jamais les limites que pour
gagner le palais d'été. Ce palais seul a,
m'a-t-on dit, plus d'une lieue de circonférence. La façade du bâtiment brille de
peintures, de dorures et de vernis, et l'intérieur est orné de ce que les cinq parties
du monde offrent de plus précieux. Vous
ne pouvez vous en faire une idée. Il faut
avoir vu, dans le pays même, quelque
chose qui en approche. Un vieux sous-
officier, qui était à la prise de Pékin, nous

en faisait parfois des descriptions que je
traitais d'hyperboliques. Plus tard, j'ai
mieux compris.

— Mais enfin que peut-il y avoir?

— Le plus incroyable assemblage d'édifices de pavillons, de galeries, de colon-
nes, de balustrades et d'escaliers de marbre, une multitude de toits dont les tuiles
vernies en jaune, vert et bleu jettent un
éclat si brillant, qu'au lever du soleil on
les croirait d'or pur, émaillé d'azur et
de vert.

— Et les jardins! on a parlé des parcs
anglais, mais nos voisins d'outre-manche
auraient tort de réclamer la priorité de
ces dispositions artistiques qui les carac-
térisent. Il y a des siècles, alors que
Celtes et Gaulois ne connaissaient d'autre
verdure que celle de leurs forêts, les
Chinois, nos maîtres et nos devanciers,
créaient déjà pour le plaisir de leur souverain des jardins enchantés, des montagnes artificielles de dix à vingt mètres de
hauteur qui forment entre elles de petites
vallées abondamment arrosées de cours
d'eau. Ces eaux, en se réunissant, for-

ment des lacs sur lesquels voguent des barques magnifiques. Dans chaque vallée est une maison de plaisance assez vaste. Plusieurs sont bâties en cèdre. On compte plus de deux cents de ces belles maisons dans l'enceinte du palais. Au milieu d'un lac qui a plus d'une demi-lieue de diamètre, est une île de rocher sur laquelle est construit un palais renfermant plus de cent salles. Les montagnes et les collines sont couvertes d'arbres à fleurs odorantes. Les canaux sont ornés de roches si artistement disposées, que l'on serait tenté de prendre ce travail ingénieux pour l'œuvre même de la nature.

— C'est donc plus beau que Versailles?

— Non; ce n'est point le même genre, il ne faut y chercher ni jets d'eau, ni statues, rien de ce qui fait la beauté de nos jardins européens; de plus ils ont le mauvais goût de tailler leurs arbres comme on le faisait au siècle dernier en figures d'animaux, d'oiseaux et de dragons.

— Ce doit être drôle?

— Plus drôle que joli; car autant un

bel arbre est splendide, autant un pauvre
arbre, mutilé par la fantaisie humaine,
est d'un effet désagréable.

— Tu n'as pas vu Pékin?

— Non. Mais je te dirai comme le
troupier de légendaire mémoire : *J'ai
un de mes pays qui y a été.* C'est une
ville aussi curieuse que possible; elle
a près de deux millions et demi d'habitants; toutes les administrations cen-
trales y sont groupées à la portée de
l'empereur. C'est là que siége le tribunal
de l'histoire et de la littérature qui exa-
mine les lettrés. Il y existe un observa-
toire qui remonte à 1279 et une imprimerie du gouvernement, éditant un journal,
et dont les publications sont livrées au
commerce.

— Un journal, à Pékin?

— Oui, un officiel. Il y a en outre une
bibliothèque et des collections impériales,
les plus riches de toute l'Asie. Des écoles
nombreuses, parmi lesquelles on remarque le collége impérial où l'on enseigne
le chinois, le mandchou et le russe et de
grands établissements de bienfaisance.

— Encore quelque chose sur Pékin? demanda Luçonnette d'une voix câline.

— Pékin a trente-six kilomètres de tour, et a la forme d'un carré long. Elle se divise en deux : la ville tartare, où se trouve naturellement là ville interdite ou demeure de l'empereur, et la ville chinoise. Les deux villes sont ceintes d'un mur bien digne de la plus grande capitale du monde.

— La plus grande comme circonférence! se récria Charles.

— Je n'en disconviens pas, mon ami; ce mur est assez haut en bien des endroits pour cacher entièrement la ville, et assez large pour qu'on y puisse placer des sentinelles à cheval, qui y montent de l'intérieur de la ville par de longs chemins en pente.

— Les rues sont-elles éclairées?

— Au gaz peut-être! demanda l'oncle Gaudérique en riant; non, ma chère; aussi les rues sont-elles munies de portes qui se ferment le soir, et s'ouvrent rarement pendant la nuit, excepté dans un cas très pressant. A la tombée du jour, la cloche de la ville donne le signal de la retraite...

— Il y a donc une cloche?

— Comment n'y en aurait-il pas, puisqu'elles sont originaires de la Chine?

— Je l'ignorais, dit Luçonnette.

— Et moi aussi, dit Charles, qui n'aimait pourtant pas à convenir de son ignorance.

— Et ce que vous ne savez peut-être pas davantage, c'est que les cloches chinoises n'ont point de battants en fer, mais un marteau de bois, ce qui en rend le son bien moins aigre que chez nous.

— Et la cloche qui sonne le couvre-feu doit être une sorte de bourdon? demanda Charles.

— Elle pèse cent vingt mille livres, et fut élevée sur sa tour par les jésuites avec des machines qui firent l'étonnement de la cour de Pékin. La ville est partagée en une infinité de quartiers soumis, dit-on, à des chefs qui ont inspection sur dix ménages, et rendent compte au gouverneur de tout ce qui se passe dans leur district. Les maisons du même quartier

doivent se défondre et se garder mutuel-
lement; s'il s'y commet un vol ou quelque autre désordre, elles en sont toutes
responsables. Chaque père de famille ré-
pond aussi de la conduite de ses enfants
et de ses domestiques, et est obligé de
mettre sur sa porte un écriteau qui indique le nom et la qualité de ceux qui se
réclament de lui.

— Cela doit singulièrement faciliter la
police de la ville, remarqua Charles.

— Et la grande muraille de la Chine,
mon oncle, en as-tu entendu dire des
merveilles?

— Des merveilles, c'est le mot. Elle
sépare la Chine de la Tartarie, et fut
élevée, il y a près de deux mille ans, pour
arrêter les incursions... Savez-vous de
qui?

— Des Tartares.

— Oui, mais d'une tribu dont nous
avons eu plus tard fort à nous plaindre
en Europe; des Huns. Les enfants n'en
revenaient pas.

— Comment, cette vieille muraille
existe encore?

— Oui, si bien que son commencement est un large boulevard de pierre construit dans la mer à vingt lieues de Pékin, et bien que dégradée par place, elle s'élève encore en maints endroits, à sa hauteur primitive de six à huit mètres, et se termine en une terrasse pavée, sur laquelle cinq à six cavaliers peuvent manœuvrer de front.

— Voyons, mon oncle, le crois-tu possible? Je ne le croirai que si tu me l'affirmes!

— Assurément, chère petite! l'histoire raconte qu'il fallut cinq cent mille ouvriers pour faire ce gigantesque ouvrage, auprès duquel ceux des Romains sont des jeux d'enfants, et que neuf cent mille hommes étaient répartis dessus pour la garder. Ces chiffres n'ont rien de surprenant.

— Ainsi, ce ne sont pas des contes?

— Nullement.

— C'est un pays de phénomènes.

— Le plus grand de tous, à mon avis, est cette conservation minutieuse de tant de règles, de rites, de formes et d'institu-

tions si anciennes, survivant à des milliers d'années. La Chine me fait l'effet
d'un peuple fossile qui aurait repris vie
par miracle.

IX

Hélas! le temps avait marché ; le soir
même nos écoliers en vacances allaient
réintégrer qui le lycée, qui la pension;
mais sans être des écoliers modèles, nos
jeunes amis ne le regrettaient que par ce
qu'ils n'avaient point épuisé, à beaucoup
près, la somme de questions que le retour
de l'oncle Gaudérique avait fait germer
dans leurs jeunes cerveaux. Aussi, atten-
daient-ils avec impatience, que celui-ci,
absent pour affaires, vînt tenir la pro-
messe qu'il leur avait faite de leur con-
sacrer ces dernières heures qui seraient
à la fois les plus courtes et les meilleures.

Charles qui se préparait à entrer dans
une école d'agriculture, voulait obtenir
des détails sur ce sujet, tandis que Luçonnette faisait choix de quelques menus
objets qu'elle tenait à conserver dans
son pupitre de pensionnaire.

— Comment, oncle Gaudérique, tu dis que la terre est si bien cultivée?

— Avec un soin extrême, mon ami; aussi donne-t-elle, à certains endroits, jusqu'à deux moissons de riz et d'autres grains.

— Je voudrais bien savoir comment ils s'y prennent.

— C'est bien simple; la culture est appropriée à la nature du terrain, dont les défauts sont corrigés par le mélange d'autres terres, les engrais, les assolements, les arrosements, etc.

— Cela me réconcilierait presque avec eux, remarqua l'écolier qui tenait l'agriculture en grande estime.

— Tu pourrais dire tout à fait, car sur ce chapitre vous vous entendriez le mieux du monde. Cet art si précieux est considéré comme le premier de tous. On respecte celui qui s'y livre au point de ne pas le tourmenter pour les impôts, tant que ses travaux ne sont point achevés. Les soldats, eux-mêmes, dans l'intervalle de leur service militaire reviennent à la terre, et une des cérémonies du couron-

nement oblige le fils du ciel à témoigner
qu'il ne dédaigne pas de la fertiliser de
ses mains.

— Raconte-nous cela, oncle, demandèrent les deux enfants.

— C'est dans le plus beau temple de
Pékin, et immédiatement après son cou-
ronnement que l'empereur donne cette
belle leçon, qui honore l'agriculteur, et
rappelle les hommes à ce qui est vraiment utile. Il commence par offrir un
sacrifice au dieu de la terre ; ensuite il
se revêt d'un habit de laboureur, et,
prenant la conduite de deux bœufs qui
ont les cornes dorées, et d'une charrue
vernie de rouge avec des raies d'or, il se
met à labourer une petite pièce de terre
qui est dans l'enclos du temple. Pendant
son travail, la reine, accompagnée de ses
dames, lui prépare dans un appartement
voisin un dîner qu'elle lui apporte et
qu'elle mange avec lui. Les anciens
Chinois instituèrent cette cérémonie pour
rappeler à leurs monarques que les re-
venus sur lesquels est fondée leur puis-
sance, venant du travail et de la sueur

du peuple, ne doivent point être employés au faste et à la débauche, mais aux nécessités de l'État.

— C'est pour cela que tu me faisais remarquer que la classe des agriculteurs venait immédiatement après celle des lettrés, et avant celle des industriels et des commerçants, remarqua Luçonnette.

— Précisément. C'est parce qu'on a élevé l'agriculture fort au-dessus des autres professions, que tout le monde a rivalisé pour s'y distinguer, et que ses procédés sont arrivés à une grande perfection. Il n'y a presque pas de plantes dont le Chinois n'ait su tirer parti, et l'on voit peu d'animaux à l'état sauvage. Les légumes, le coton, le thé, le mûrier, le tabac, l'indigo, le riz, le sorgho, la canne à sucre, sont les principaux objets de la culture. Là où il ne pouvait établir les rizières humides et malsaines qui couvrent le sud de l'empire, il a créé sur les montagnes des rizières de riz sec, qui vient sans eau et le met à même de ne plus redouter la sécheresse qui compromet souvent la récolte du riz humide et, par conséquent, l'alimentation de centaines de millions d'hommes. Là où le mûrier ne réussissait pas, il a découvert que le chêne servait d'aliment à une autre espèce de ver-à-soie qui, bien qu'à l'état sauvage, produit une soie d'une grande solidité et dont on fait des tissus excellents. Le Chinois n'a pas la pomme de terre, mais il a l'igname qui la remplace avec avantage. Il n'a pas l'olivier, mais il a, d'une part, le pois oléagineux dont on extrait une huile de bonne qualité, et plusieurs sortes de chanvres, inconnues à l'Europe, qui, tout en donnant la même partie filamenteuse que la nôtre, donnent à la fois une nourriture saine et une huile supérieure. Il a le sorgho avec lequel il fait une liqueur fermentée, mais dont nous autres Français nous tirons le sucre et son dérivé le rhum, de l'alcool, trois sortes de teintures, du papier excellent pour la lithographie, et un très bon fourrage pour les bestiaux.

— En voilà une plante qui vaut la peine d'être acclimatée !

— Aussi, ne t'inquiète pas, elle l'est

déjà. Un des premiers consuls-généraux
que la France ait entretenu en Chine,
M. de Montigny, s'est patriotiquement
occupé de faire transporter ici les
espèces qui pouvaient fournir à notre
patrie de nouvelles ressources.

—Ne cultive-t-on pas la vigne, en Chine?

— Oui et non, parce qu'elle est sujette
aux caprices du souverain ; tantôt interdite, tantôt encouragée ; elle donne pourtant de bons résultats ; mais ce n'est pas
de ce côté que le Chinois a tourné ses
aptitudes ; jusqu'à présent, il n'est pas
viticulteur.

— Et comme animaux domestiques ?

— Il y a à peu près les mêmes que
chez nous ; plus, dans le nord, l'yak
grognant qui, destiné à vivre sur les
hauts plateaux du Thibet, est pourvu d'un
poil très long et très chaud. Il se rappro-
che du bœuf, mais peut être employé aux
mêmes usages que le cheval, à la selle
ou aux traits.

— Je n'aimerais pas une monture de
cette espèce, dit Charles.

— Encore quelque chose que tu aies vu

de tes yeux, oncle Gaudérique ? demanda
Luçonnette qui suivait sur la pendule la
marche rapide des aiguilles.

— Vraiment, tu m'embarrasse, petite.
Je t'ai déjà parlé de tant de choses que je
me demande... Ah! mais voici ce que tu
désires : En Europe nous avons des
chiens de chasse, en Chine je vais te dire
ce qu'ils ont. Je m'étais un jour égaré
sur les flancs d'une montagne d'où le regard embrassait un superbe panorama. A
mes pieds s'étendait un lac aux eaux tran-
quilles, sur lesquelles couraient deux
ou trois sampans.

— Sampans ! répéta Charles.

— Ce qui signifie : trois planches ou un
radeau. Sur chacun de ces radeaux se
trouvait un pêcheur avec une sorte de
filet, une jarre pour contenir sa pêche et
des oiseaux dont je ne m'expliquais pas
la présence à bord. Je crus que c'étaient
des parasites, cherchant à vivre aux dépens des pêcheurs ; mais un examen plus
attentif me convainquit de mon erreur.
A un signal, tous ces oiseaux quittaient
le bateau et plongeaient avec un ensem-

ble fort amusant, et, il était rare, qu'ils reparussent sans avoir au bec un poisson. Dès que le Chinois voyait émerger un oiseau, il l'appelait. Docile comme un chien de chasse, celui-ci nageait vers son maître, et lui remettait sa proie.

— Oh! quels drôles d'oiseaux! mon oncle. Comment les appelle-t-on?

— Ce sont des cormorans.

— Comment se fait-il qu'ils ne préfèrent pas garder pour eux le produit de leur pêche? demanda Luçonnette.

— Parce qu'ils sont dressés à rapporter, et qu'on leur jette ordinairement comme récompense le menu fretin. Les plus jeunes ont autour du cou une sorte de collier de paille assez serré pour les empêcher d'avaler une grosse proie. Je suppose que ce doit être un des procédés du dressage. Quand quelque oiseau se relâche de son obéissance pour voleter deci delà, ou procéder à sa toilette le pêcheur, qui a en main un long bambou pour diriger sa primitive embarcation le tourne vers l'oiseau et en frappe l'eau, sans toutefois toucher celui-ci, et en même temps le gourmande d'un ton de colère; cela suffît; aussitôt vous voyez le délinquant revenir avec soumission à sa tâche.

— Enfants, dit Mme Dalsème en entrant, la voiture est en bas; il faut encore une fois se quitter.

— Oh! mon oncle, nous aurions encore tant de choses à te demander!

— Ce sera pour plus tard, dit celui-ci, en se penchant pour embrasser sa Luçonnette, qui faisait la brave pour ne pas pleurer; tandis que dans le même but notre Charles allait et venait par la chambre sans raison apparente en fredonnant ce refrain des écoles:

> Allons apprendre aux autres
> Ce que l'on nous apprit.
> Devenons les apôtres
> Du cœur et de l'esprit.

Le lendemain, absorbés par la reprise des travaux, les enfants ne pensaient déjà plus à la séparation; seul, l'oncle Gaudérique n'était pas consolé. Ses aimables petits compagnons lui manquaient.

FIN.

Limoges. — Imp. Eugène ARDANT et Cie.

LES

VEILLÉES

DU CHATEAU

DE CHAMPCERY

PAR

MADAME LA COMTESSE DE GENLIS

LIMOGES

EUGÈNE ARDANT ET Cⁱᵒ, ÉDITEURS.

www.ingramcontent.com/pod-product-compliance
Lightning Source LLC
Chambersburg PA
CBHW070800280626
47162CB00016B/1563